EUGÈNE VILLEMIN

SONNETS

D'OUTRE-TOMBE

PRÉCÉDÉS D'UNE NOTICE SUR L'AUTEUR

PAR

M. PROSPER BLANCHEMAIN

« Mes sonnets, mes pauvres sonnets !
perdus, perdus pour toujours ! »

Sonnets d'amour.
Bustes et Figurines.
Actualités satyriques et autres.
Nostradamus.
La Comète.

PARIS

DENTU, ÉDITEUR

LIBRAIRE DE LA SOCIÉTÉ DES GENS DE LETTRES

PALAIS-ROYAL, 15-17-19, GALERIE D'ORLÉANS

1877

ORLEANS, TYPOGRAPHIE DE GEORGES JACOB, CLOÎTRE SAINT-ÉTIENNE, 4.

Y

Imp. Cadart, Paris.

SONNETS

D'OUTRE-TOMBE

Orléans, typographie de Georges JACOB, cloître Saint-Étienne, 4.

EUGÈNE VILLEMIN

SONNETS

D'OUTRE-TOMBE

PRÉCÉDÉS D'UNE NOTICE SUR L'AUTEUR

PAR

M. PROSPER BLANCHEMAIN

« Mes sonnets, mes pauvres sonnets !
perdus, perdus pour toujours ! »

Sonnets d'amour,
Bustes et Figurines,
Actualités satyriques et autres,
Nostradamus,
La Comète.

PARIS

DENTU, ÉDITEUR

LIBRAIRE DE LA SOCIÉTÉ DES GENS DE LETTRES

PALAIS-ROYAL, 15-17-19, GALERIE D'ORLÉANS

1877

A LA SOCIÉTÉ

DES

GENS DE LETTRES DE PARIS

CE LIVRE EST DÉDIÉ

PAR LA TANTE DE L'AUTEUR

MADAME VEUVE ALEXANDRE BOUCHER

A MADAME VEUVE ALEXANDRE BOUCHER

A ORLÉANS

———●••>|<••●———

Paris, 9 Janvier 1878.

CHÈRE MADAME,

JE suis *heureux d'apprendre que votre généreuse
entreprise est enfin arrivée à son terme, et que
la renommée de votre cher neveu, notre si regretté
confrère* EUGÈNE VILLEMIN, *rayonnera bientôt d'un
nouvel éclat.*

*Poète de cristal, pur, original, comparable à
Gœthe dans ses curieuses arabesques orientales,
Villemin était digne de ce socle pieux que lui dédie
sa tante, âme d'élite et esprit lumineux.*

*Oui, certes, la Société accepte avec gratitude
confraternelle la dédicace dont vous voulez bien me
soumettre le projet.*

Je vous remercie, Madame, de la part du Comité,

II

de nous avoir ainsi conservé le souvenir de ce charmant écrivain, qui a été l'honneur de la famille.

Veuillez agréer, Madame, l'expression de mes meilleurs sentiments et de ma haute considération pour votre caractère.

Votre tout dévoué,

EMMANUEL GONZALÈS,

Président honoraire,
Délégué du Comité de la Société des Gens de lettres.

EUGÈNE VILLEMIN

—◦⊱⊰◦—

LES *Chants d'amour*, par lesquels débute ce livre, sont
les suprêmes sentiments d'une âme essentiellement
sensitive et poétique, où sont renfermés, trésor intime,
les plus chers souvenirs d'un cœur ardemment épris.

Les sonnets amoureux sont ciselés de main de maître,
enlevés avec une énergie qui n'exclut pas la grâce.

Les *Buftes et Figurines* offrent des profils fièrement
burinés, des eaux fortes vigoureufes, d'après nos poètes
de la Renaiſſance du XVIᵉ ſiècle et d'après ceux du
renouveau romantique du XIXᵉ.

Les perſonnages fuſtigés dans les *Actualités ſatiriques*
hurlent ſous le fouet ſanglant de Juvénal.

Les *Centuries de Noſtradamus* éclairent de lueurs fan-
taſtiques les profondeurs inconnues du deſtin.

La *Comète*, enfin, poème d'une hardieſſe excentrique,
eſt une excurſion dans l'immenſité des cieux, comme
le *Noſtradamus* eſt une excurſion dans les profondeurs

fombres de l'avenir. On doute fi le rêveur a été hanté par les vifions d'un prophète ou les fantômes d'un halluciné.

Halluciné, le poète l'était, à vrai dire. Sa vie fut conftamment dominée par une fiévreufe exaltation; c'eft d'un tranfport au cerveau qu'il a péri.

Louis-Valentin-Eugène VILLEMIN DE MONTAGNON naquit à Orléans, le 27 août 1815, du mariage du docteur Louis-Claude Villemin avec Mlle Henriette-Eugénie de Montagnon, jeune fille auffi aimable que belle et fpirituelle.

Dès les débuts de cette union, M. Villemin fe montra d'un caractère tellement difficile, ombrageux et jaloux, qu'au bout de quelques années les parents de la jeune femme, la voyant trop malheureufe, la reprirent avec eux, ainfi que fon fils.

M. Villemin, qui devait fuccéder à fon beau-père, médecin à Orléans, quitta la ville et partit pour la Picardie. Il fe fixa à Noailles. Quand il fe fut formé une clientèle, il redemanda avec prière fa femme, qui, par dévoûment pour fon fils, obéit à cet appel. Eugène fut mis au collège de Beauvais. Depuis plufieurs années, il voyait dépérir fa mère qu'il adorait. « Prends patience, mère, lui difait-il ; je vais promptement achever mes claffes, et nous ne nous quitterons plus. »

Il atteignait alors feize ans. Il travailla jour et nuit,

et dans une seule année termina ses études, qui devaient durer encore trois ans. Le 27 août 1832, il arrivait le cœur joyeux pour déposer son premier diplôme sur les genoux maternels... Ce fut sur un lit mortuaire qu'il le laissa tomber. Sa mère venait de succomber à une attaque de choléra. Né le 27 août 1815, il avait dix-sept ans ; elle en avait trente-sept. Plus tard, vers la fin de sa vie, en 1869, il devait quitter Paris pour toujours, un 27 juin, et succomber un 27 août, trente-sept ans après la mort de sa mère. Cette date du 27 et ce chiffre 7 planaient, comme des fatalités, sur son existence.

Après la perte cruelle de sa mère, rien ne semblait devoir adoucir cette immense douleur. Ce fut l'amour qui le rattacha à la vie. Il eut le bonheur de rencontrer une femme dont l'esprit, les talents et la beauté étaient incomparables. La première fois qu'il la vit, il en fut émerveillé, ébloui. Elle, aussi bonne que belle, fut vivement impressionnée par la profonde douleur empreinte sur tous ses traits. Elle s'y intéressa, chercha à le consoler, l'encouragea dans ses études médicales, et, sans le vouloir, sans même s'en apercevoir, ressentit une tendresse que seule la similitude des goûts et du caractère avait fait naître. Unie à un homme avec lequel elle ne pouvait sympathiser, cette nature essentiellement poétique finit par partager la violente passion qu'elle avait inspirée, et, dans un moment d'exaltation, nos

deux amoureux, quittant le foyer, fuyant la France,
parcoururent enfemble l'Italie et l'Orient.

A Conftantinople, une forte de noftalgie s'était em-
parée d'elle; l'abfence d'êtres aimés qu'elle avait laiffés
en France empoifonnait fon bonheur; un mal implacable l'envahiffait; il fallut revenir, il fallut fe féparer..,

Néanmoins, ils trouvèrent le moyen de s'écrire, de fe
voir fouvent, et d'entretenir toujours auffi vive cette
paffion qui, malgré mille entraves que leur fufcitaient
leurs pofitions refpectives, demeura inaltérable jufqu'à
la mort.

Elle mourut jeune encore. Les fecouffes profondes
éprouvées par fon cœur avaient miné fa vie; mais
quand elle fe fentit perdue fans reffources, elle voulut
revenir à Paris.

Dès fon arrivée, elle fit prévenir celui qui n'avait
jamais adoré qu'elle et dont elle voulait le cœur pour
s'y repofer et mourir.

Pendant plus d'un mois, il ne la quitta ni jour ni
nuit, cherchant dans fon art tous les moyens poffibles
d'adoucir fes derniers moments. Malgré tous fes efforts,
l'inexorable mort vint la lui enlever. Elle expira, belle
encore, aimante et dévouée jufqu'à la fin, dans les
bras de·celui qu'elle auffi avait uniquement aimé. Elle
avait alors quarante-fept ans. Leur paffion mutuelle en
avait duré vingt-fept. Toujours le chiffre fatal!

C'eſt avec des larmes de ſang qu'il pleura ſon bonheur
à jamais perdu. Et pourtant, au bout de pluſieurs
années, il eſſaya de tromper ſon amertume ; mais il
n'éprouva plus que déception, et rien de l'ineffable
ivreſſe qu'il avait primitivement ſavourée. Nous ne
rencontrons pas deux fois dans la vie l'âme que Dieu fit
pour être la ſœur de la nôtre ; et ſi notre cœur ſe laiſſe
enſuite abuſer par quelque mirage éblouiſſant, par
quelque trompeuſe et vaine reſſemblance, il eſt auſſitôt
déſenchanté, maudit la viſion qui l'avait un inſtant
ſéduit, et ſe replonge avec une douloureuſe ivreſſe dans
les larmes, dans la penſée dévorante, mais chère, de ce
qui n'eſt plus et jamais plus ne peut revenir.

Il s'était livré, pour ſatisfaire le déſir le plus ardent
de ſon père, à des études longues et ſérieuſes, afin d'ob-
tenir le titre de docteur en médecine ; mais dès qu'il
eut conquis ſon diplôme, il abandonna les recherches
arides de la ſcience pour ſe conſacrer tout entier à ſon
amour et à la poéſie.

Après ſon retour d'Orient, il écrivit dans différents
recueils périodiques, obtint, pour un poème intitulé :
Les Chercheurs d'or, un prix de poéſie, décerné par la
Société des gens de lettres, dont il devint bientôt un
des membres les plus actifs ; enſuite il publia *L'Herbier
poétique* (1842, in-18), recueil de vers auquel la ſcience
botanique de l'auteur donne une ſaveur toute particulière ;

puis *Le Chevrier des Cévennes*, *Le Siècle d'Auguste*, poëmes
dramatiques; enfin *Le Gymnafe dramatique des Salons*
(1858, in-8°), recueil de comédies deftinées à être
repréfentées dans des foirées, par des perfonnes du
monde.

Sous le nom d'Étienne de Neuville, il donna *La
Phyfiologie de la femme*, *La Phyfiologie des Amoureux* et *Les
Sympathies magnétiques*, proverbe, etc., etc.

La dernière publication qu'il ait faite eft celle des
Satyres de Du Laurens, précédées d'une intéreffante
notice et imprimées par D. Jouauft, le typographe-
artifte.

Je le connaiffais alors depuis quelques années. J'ai
raconté ailleurs comment, me trouvant un jour dans
une librairie, comme je furetais çà et là fur les rayons,
m'attachant furtout aux livres de littérature et aux
poètes du XVIᵉ fiècle, je vis entrer un amateur, que le
bibliopole falua d'un air de connaiffance et dont l'at-
tention fe porta précifément fur les livres que je venais
d'examiner. Cet parité de goût fit que, tout en feuille-
tant je ne fais quel bouquin rare, j'examinai le nouveau
venu. C'était un homme de taille moyenne. Quoique
voifin de la cinquantaine, il confervait encore le feu de
la jeuneffe. Mince et nerveux, il avait le teint animé, la
barbe grife, la bouche légèrement fardonique, mais des
yeux noirs fouriants et un regard très-doux. Ses che-

veux, d'un beau blanc, fe rejetaient en arrière ; fon
profil me rappelait fingulièrement le profil de Baïf, qui
figure en tête des *Mimes,* et a été reproduit dans le
VIIᵉ volume des *Annales poétiques.* C'était évidemment
un original, mais à coup fûr un efprit diftingué. On
nous nomma l'un à l'autre. J'avais lu fes vers ; il con-
naiffait les miens. Les premiers mots échangés devinrent
une cauferie fympathique, début de relations qui fe
continuèrent, de plus en plus amicales, jufqu'à ses
derniers jours.

Il tâchait alors de confoler, par le goût paffionné des
livres, l'amertume de fes regrets. Nous nous vifitâmes
fouvent, et c'était une douceur, pour lui comme pour
moi, de paffer quelques heures en cauferies fur les
lettres, fur la poéfie, fur les livres ; d'échanger enfemble
des penfées qui devenaient de jour en jour plus intimes.
Il vivait alors dans la rue de Fleurus, au fein d'un petit
fanctuaire peuplé de fes plus chers fouvenirs, et auffi de
livres, d'objets d'art acquis au prix de réels facrifices.

Paffionné pour nos poètes de la Renaiffance, c'eft
petit à petit, en retranchant un peu chaque jour fur fes
dépenfes les plus indifpenfables, que ce vrai bibliophile
était parvenu à réunir des bijoux littéraires, des chefs-
d'œuvre de typographie, dont plufieurs avaient confervé
leur vélin antique, leur maroquin originaire; dont les
autres avaient été revêtus de reliures magiftrales, dorées

par Marius, un véritable artifte, que Villemin avait en grande affection.

L'exiftence au milieu de ces reliques du paffé aurait pu fatisfaire un cœur paifible; mais cette âme poétique et tourmentée, à qui plus qu'à tout autre il eût été néceffaire de fe confier, de s'épancher au dehors, vivait dans un ifolement volontaire, fe repliait, fe concentrait dans la contemplation de fa douleur préfente et de fa joie évanouie. La vie et la cellule du moine ne font pas falutaires pour des natures exubérantes comme la fienne. Toujours feul, le poète s'exaltait, face à face avec fa penfée. Cette lutte de l'efprit contre la matière devait terraffer et tuer le corps.

Le travail littéraire et les privations qu'il s'imposait contribuaient encore à accroître la tenfion exceffive de fon ardente imagination.

Il menait de front le plan et l'exécution de drames, de comédies, de poèmes, qu'à la veille de mourir il continuait de limer avec une ardeur toute juvénile. Le deffein était à peine conçu que les détails fe preffaient d'éclore; le poète les poliffait avec un foin d'artifte, fans trop fe préoccuper de l'enfemble, ce qui l'entraînait à des corrections infinies. Cependant, avant la maladie qui devait l'emporter, il avait mis la dernière main à toutes fes œuvres, et cet excès de travail n'a pas peu contribué à déterminer le funefte dénoûment de fon exiftence.

Arrivé à Orléans le 27 juin 1869, pour foigner fon père malade, inquiet fur cet être qui lui était cher malgré fon caractère bizarre et cauftique, l'exaltation dont il fouffrait déjà fut violemment furexcitée par les propos irritants de fon père. Sa tante, Mme Boucher de Montagnon, la veuve du célèbre violonifte Alexandre Boucher, l'émule des Viotti, Rode, Paganini, furnommé en Allemagne l'Alexandre du violon, l'entourait de foins et de confolations, lifait avec lui les fonnets qui font publiés dans ce livre; mais, en dépit de tout, fon intelligence s'altérait rapidement, et, ce qu'il y avait de plus douloureux, c'eft qu'il la fentait s'oblitérer chaque jour davantage et s'en affligeait amèrement. Un jour, par un temps d'orage épouvantable, il lacéra fes manuf-crits en mille pièces, les jeta au vent, et alla fiévreufe-ment chercher fa tante pour lui montrer fon œuvre anéantie, dont les épaves étaient éparfes dans tous les coins du jardin. Puis, revenant tout à coup à la raifon, il fe lamenta, s'écriant avec défefpoir : « Mes fonnets! mes pauvres fonnets! perdus, perdus pour toujours!... »

Mme Boucher ramaffa avec un foin pieux tous ces débris, tous ces fragments maculés, fouillés, les raf-fembla, reconftruifit, avec la perfévérance dévouée que les femmes feules poffèdent, les pages l'une après l'autre, et les mit en lieu de fûreté. Bien lui en prit; car fon infortuné neveu, ne croyant pas à la poffibilité de les

réédifier, voulait abfolument les détruire encore. C'eft
ainfi que probablement auront péri quelques-uns des
plus précieux livres de fa bibliothèque, qui ne fe font
pas retrouvés à la vente faite par le favant libraire
Claudin, en 1870, un 7 février.

Peu de temps après cette lacération de fes manufcrits,
à onze heures du matin, comme il rentrait d'une pro-
menade avec fon domeftique, il s'affaiffa fur lui-même...
Il avait vécu cinquante-quatre ans, et mourut dans fa
ville natale, au jour et à l'heure anniverfaires de fa
naiffance, au jour et à l'heure de la mort de fa mère :
c'était le 27 août 1869.

Enfin, grâce à cette tendreffe dont le dévoûment ne
s'eft jamais démenti, le rêve fi longtemps bercé par
Eugène Villemin, de mettre au jour fes fonnets, fera
réalifé. Son œuvre la plus chère va paraître, imprimée
pendant l'année 1877. Toujours le chiffre 7 ; toujours
la date inévitable !

Prosper BLANCHEMAIN.

Château de Longefont, juillet 1877.

SONNETS D'AMOUR

L'EXTASE

AIMER, CHANTER

L'art eſt amour ; le cœur muſique et poéſie.
 Je croyais n'aimerplus, j'aime encor, — ſans eſpoir ; —
N'importe, c'eſt aimer ; et rien que de te voir,
Un choc donne l'éveil à mon âme tranſie.

L'amour, ce pain du cœur jamais ne raſſaſie ;
D'un clin d'œil, il m'émeut, lui qui fait tout mouvoir ;
Un ſouffle a de mes jours levé le crêpe noir ;
Hébé me tend ſa coupe et m'offre l'ambroiſie.

J'aime ! — le ciel reluit, l'air embaume ; le ſol
Qui palpite à mes pieds me dit : « Va ! prends ton vol. »
J'aime enfin ! proſterné j'admire et m'extaſie.

Donne ! un ſouffle, un rayon ! J'aime, je vis, je ſens.
Ma blanche fée, en moi, ſur moi, plane, deſcends,
L'art eſt amour ; le cœur muſique et poéſie !... —

UN JOUR DE PLUIE

Une brise de mai chantait sur les eaux vives :
C'était le jeune amour, beau, souriant, vermeil ;
Cependant une pluie obstruait le soleil ;
L'oiseau pêcheur allait s'ébattant aux deux rives.

L'averse ondoyait l'air, et les feuilles craintives
Se repliaient, dormant un vague et doux sommeil ;
Jour brumeux, qui pour moi fut un jour de réveil. —
Une brise de mai chantait sur les eaux vives.

La terre était mouillée et le ciel était gris ;
L'hirondelle, rasant le lac, poussait des cris ;
Les poules d'eau fuyant versaient le jonc qui ploie ;

Madame, au noir réseau de vos cils, j'étais pris ;
J'en ai vu rejaillir l'aube où le cœur se noie ;
Et les arbres sur nous pleuraient des pleurs de joie.

LA CORBEILLE

Ma Brune aux yeux d'onyx, dans les mains de porphyre,
Prends mon cœur, car il t'aime ; il t'aime et te bénit.
Fais-lui de ta corbeille au tissu rose un nid
Où frémissant de l'aile, il se cache et soupire.

Chère Belle ! en ce monde, où la ronce déchire,
Où le malheur nous cherche, où le bonheur nous fuit ;
Quand un éclair de joie au ciel plein d'ombre luit,
Ne fermons point la porte et laissons l'astre luire.

Ma Brune aux yeux d'onyx, dans tes mains de porphyre,
Prends mon âme ; elle vit à ton souffle ; elle aspire
La sève, où de nos jours l'arbre se rajeunit.

Fais-nous de tes cinq doigts à nos deux cœurs un nid,
Et là, fondus, rivés, ma Dame ! l'un à l'autre,
Soyez, et pour toujours, mienne à moi qui suis vôtre.

LE TREMBLEUR.

Madame, ayez pitié ; le moindre choc m'agite.
L'algue au rocher flottante, et l'herbe au bord des eaux,
La prêle au marécage, aux étangs les roseaux,
Tout ce qui tremble au monde, et frissonne, et palpite ;

Que fais-je ? la feuillée, où pleuvent les oiseaux,
Le lièvre qu'une meute au ravin précipite ;
Le cerf que l'hallali fait blêmir dans son gîte ;
La mule, au flair du loup, contractant ses naseaux ;

Tout ce qu'on peut songer, imaginer, dépeindre,
N'est rien contre la peur dont je me sens étreindre
A vos pieds ! — Adieu donc, je me trouble ; et je fuis. —

J'ai besoin d'ombre ; il faut, ô trembleur que je suis,
Entre une femme et moi la nuit, le crépuscule...
Et même alors j'ai peur ; j'hésite et je recule. —

ADORATION

Homme ! Dieu te créant a mis dans ta prunelle
Le divin tact, l'instinct du cœur, le sens du beau.
Ton œil s'ouvre, et le monde, et l'homme à ce flambeau,
De fraîcheur et d'amour, et de beauté ruisselle.

Mer où l'onde blémit ; montagne où le troupeau
Cherche l'ombre. Blancheur des pics, neige éternelle ;
Humble filet d'azur, qui, sous la pimprenelle,
Coule et devient torrent ; — le feu, la terre, l'eau,

L'air, les quatre éléments ; le ciel clair sur le monde,
Émaillant de soleils sa coupole profonde ;
Le tonnerre du globe allumant les essieux ;

L'œuvre de Dieu, splendeur, force, puissance et grâce,
Rien n'absorbe en moi l'être, et rien ne le terrasse
Comme un pli de ta lèvre, un rayon de tes yeux.

LA GOUTTE D'EAU

Comme la goutte d'eau va creusant le rocher,
    Tombe, et de plus en plus, d'heure en heure, y pénètre ;
L'amour vient, d'heure en heure, envahir tout mon être,
Si profond que plus rien ne l'en peut arracher.

Ce vertige est en moi, dont je ne suis plus maître.
Comme un lierre à ton col je voudrais m'attacher,
Comme un fleuve à ton cœur je voudrais m'épancher,
Comme une ombre à ton souffle expirer pour renaître ;

Croître, au bord du sentier, herbe où tu viens t'asseoir ;
Comme un ruban me tordre à tes cheveux le soir,
Frémir comme une perle à ton sein, ma colombe ;

Puissé-je en toi me perdre, et toujours de moitié
Dans tes larmes de deuil, de joie ou de pitié
Devenir de tes yeux la goutte d'eau qui tombe.

FEUX DE BENGALE

Quoi ?... tu veux que je parle ? — Hé mon Dieu ! que dirai-je ?
« L'heure intime où tes doigts comme une aile d'oiseau,
« Le soir, au canevas, promènent le fuseau,
« Puis dans le tulle vont semant des fleurs de neige ? »

— Sais-tu ce que raconte aux sources le roseau ?... —
Tu ne veux rien entendre, hé mon Dieu ! que dirai-je ?
Ne sens-tu rien frémir sous les plis du barége ? —
Non. — De ta guimpe rien n'agite le réseau... —

Et je t'aime ; et c'est toi, songe de mes nuits brunes,
Que j'ai vue, — à mon cœur pardonne ce frisson, —
Comme une luciole aux herbes du buisson ;

Comme au miroir des lacs les étoiles, les lunes ;
Comme aux portes du ciel l'aube ; comme le jour ;
Beauté ? parfum, lumière ?... et pour tout dire : « Amour. » —

SE TAIRE ET CONTEMPLER

Non ! aux muets soupirs ne mêlons point le Verbe,
C'est par des bruits humains rompre un écho du ciel.
Si l'abeille fredonne en butinant son miel,
Si le grillon bavarde indiscret sur la gerbe ;

Si le moineau lascif pépie à son réveil,
Si le scarabé pleure au bout de son brin d'herbe ;
Regarde autour des pics fuir l'épervier superbe,
Il se tait, seul plongé dans l'océan vermeil.

Viens ; et sur les hauteurs suivons la verte pente ;
L'herbe est fleurie ; un hymne au fond du cœur me chante,
Et je rêve ; et je hume à tes pieds l'origan.... —

Viens ; sur les cimes, l'arbre et l'homme se recueille ;
Le cèdre aussi se tait ; le vent dort sous la feuille,
Jusqu'à ce que la foudre y jette un ouragan. —

FANTOME

Je dormais ; et tous deux nous étions près d'un saule,
Tous deux seuls... — Je rêvais ; je pouvais tout oser.
Et vous, Beauté, si prompte à me tout refuser,
Vous me laissiez dormant le front sur votre épaule.

Autour de nous j'ai vu l'air et l'eau s'embraser ;
L'Amoureux qu'on dédaigne avait changé de rôle,
Il était devenu l'Insecte bleu qui frôle
Vos lèvres et, dans l'ombre, y dépose un baiser.

A ce contact j'ai vu, comme au choc de la foudre,
Mes pleurs, mon sang tarir, mes ailes se dissoudre.
Adieu donc, ai-je dit, je meurs de volupté.

Pardonne... Ce baiser est un crime peut-être ;
Mais la femme est un temple à la divinité,
Et foudroyé je meurs, car j'ai vu Dieu paraître.

LE PALMIER SOMBRE

Sous mon pied, est un fleuve où je me précipite ;
 Mille rocs de son lit hérissent les détours ;
Les terreurs, les soucis, comme de noirs vautours
Vont dans l'étroite gorge, où maintenant j'habite.

J'aime et je crains ; j'espère et je me plains toujours.
Comme au soleil, un pauvre, à ton cœur je m'abrite ;
Mais je n'ai pu te plaire, et ta froideur m'irrite ;
Mais où je cherche un port, à ma perte, je cours.

J'ai mes sens pleins de trouble ; et toi ? les tiens sont calmes
Comme le bananier du Désert, dont les palmes
Supportent sans frémir le glaive ardent du jour.

Je demande une source où filtre un peu d'amour ;
J'ai soif !... L'air, l'eau me manque et je meurs ; Palmier sombre,
Laisse au moins que je dorme et me couche à ton ombre.

QUAND ELLE CHANTAIT

Muse! au trépied sonore, et des fleurs sur la tête,
Hier, un chant d'amour de ta lèvre est sorti.
J'écoutais. De mon sang le flot s'est ralenti.
Chez toi vibrait le cœur ; l'âme était d'un Poète.

Mais serais-tu de ceux qui n'ont jamais senti,
Et malgré tout, nous font subir calme ou tempête ?
Énigme, où ma pensée avec frayeur s'arrête...
N'importe ? Un chant d'amour de ta lèvre est sorti.

Du clavier frissonnant ta main pressait la touche ;
Je rêvais... et le chant modulé sur ta bouche
Palpitait ; comme un arc que Diane eût tendu,

Comme un souffle éolique aux grands bois ; mieux encore
Au Paradis terrestre ; — et tu fais qui j'adore,
Tu fais de quel serpent, Ève ! je suis mordu.

YEUX D'ANTILOPE

A travers tes longs cils, sais-tu que j'ai surpris
Les mirages d'un monde, où mon esprit galope ?
Sais-tu que ton œil noir et profond m'enveloppe :
Puits d'amour, où l'on boit sous des cactus fleuris ?

Sais-tu bien qu'au miroir de tes yeux d'Antilope,
J'ai vu steppes brûlants; chacal, hyène au poil gris,
Sable rouge, ciel d'or, lentisques, chauds abris...
L'Orient, le soleil ?... — Viens ; on gèle en Europe.

Dans l'espace reluit un ciel d'ambre couvert ;
Viens ! — Sous les caroubiers, le nègre bâille et fume ;
Les lions dorment ; l'air d'alvès se parfume.

Viens ! — Sous nos pieds l'Atlas. Devant nous le désert,
Libre comme Dieu, jaune et sec comme un champ d'orge,
Dont le cercle infini s'ouvre au fond de la gorge. —

CAPTIVITÉ

Le Bédouin au désert tremble devant son cheik ;
Ma servitude est plus étroite que la sienne.
Ta beauté me subjugue ; elle est de race ancienne ;
Ton profil est sorti, vivant, d'un temple grec.

Mon ombre est dans tes pas ; ma vie est dans la tienne ;
Je suis l'algue emportée au courant ; le varec
Échoué sur le roc où la plage est à sec ;
J'attends que le vent souffle et que le flot revienne.

Je ne m'appartiens plus. De mon rêve accablé,
Je m'abandonne à toi comme un épi de blé
Que brise une tempête ou qu'un moissonneur coupe.

Je t'ai vue ; et captif j'ai pleuré, j'ai langui...
Abreuve-moi des sucs de verveine ou de guy ;
Verse ! miel ou poison, je viderai la coupe !...

L'HEURE DU BERGER

Veux-tu, lune ou soleil, rayonner dans ma nuit ?
Veux-tu que sur ton front le mien s'ouvre et se penche ?
Veux-tu que mes baisers à ton épaule blanche
Pleuvent comme les fleurs d'un printemps qui s'enfuit ?

Veux-tu, Rosier ? qu'un songe éclose de ta branche ?
Veux-tu que sous la feuille où l'amour me conduit,
Et qu'au riant calice où mon cœur te poursuit,
En longs soupirs, ma lèvre à ta lèvre s'épanche ?

Veux-tu que sous tes mains je m'abrite ?... Veux-tu
Qu'à tes genoux mourant, sur ton sein je renaisse ?
Qu'à ton souffle ma vie emprunte sa vertu ?

Que j'aille en toi me fondre et me perdre ?... Veux-tu
Que nous cueillions les fruits de la verte jeunesse,
Avant que sous nos pieds l'arbre gise abattu ? —

LE BONHEUR, LE BONHEUR...

Vois la fleur qui d'abord frêle et pâle au calice
De son léger bouton arrondit le contour,
Puis du sein maternel s'élance, se déplisse,
Puis enfin rivalise avec l'éclat du jour.

Tel, ô ma bien-aimée, en noblesse, en délice,
En fraîcheur rayonnante a grandi mon amour,
Mon amour qui trop vif devient presque un supplice...
Le bonheur, le bonheur me fuit-il sans retour ?

L'enfer est dans mon cœur, le doute est dans mon âme ;
Je voudrais l'inonder du brasier qui m'enflamme,
Dans mon sein frémissant je voudrais t'absorber.

Je voudrais, si ta main, si ton front, si ta lèvre
Ressentaient seulement la moitié de ma fièvre,
Dans un dernier transport m'éteindre et succomber.

SOLITUDE

Je suis le feu qu'un Pâtre allume sur les monts ;
    Au roc nud, seul je brûle, et seul je me dévore.
Seul ! qu'est l'amour ? Un être où le cœur s'évapore.
Que sommes-nous ? fumée, et nous nous consumons.

O Femmes ! qu'êtes-vous ? seul, je pleure ! — O Démons
Qu'on aime, et maudissant d'aimer, on aime encore,
Pour que du miel divin, puisse un rayon éclore,
« J'aime » est un mot stérile ; il faut qu'on dise : « Aimons ! »

Je suis le feu qu'un Pâtre au bord du gouffre allume.
Le jour tombe. Il fait nuit. Le vent souffle. La brume
Me roule enveloppé dans son morne linceul...

Et je m'éteins... Adieu. Les Pasteurs vont descendre ;
Et que penseront-ils foulant du pied ma cendre ?
« L'amour veut qu'on soit deux pour vivre... Il était seul. »

RÉVEIL

Vingt jours sont écoulés ; vingt jours d'extase pure,
    Où mon amour, captif sur le seuil du désir,
Eut un de ces moments qu'on ne peut ressaisir,
Qui nous viennent d'en haut, puisqu'en bas rien ne dure.

Vingt jours sont écoulés, — dirai-je de plaisir ? —
Non, de ravissement ; — voluptés et torture !
Il faut donc, ainsi Dieu fit l'humaine nature,
Être nuit ou soleil, être torche ou transir...

Vingt jours sont écoulés ; — ah ! ce fut moins d'une heure ;
--- Plaintes, regrets, soupirs, adieu ! Vous que je pleure,
Tourments que j'ai bénis, supplices que j'aimais !

Vingt jours sont écoulés ; mon cœur en fait le nombre.
Nuit, rêve, émotions du silence et de l'ombre,
Bonheurs qui n'êtes plus, reviendrez-vous jamais ?

LA VIE A DEUX

Oh ! que la vie à deux est une douce chose !
     Que sombre avant d'aimer, elle est brillante après !
D'un retour mutuel, combien le charme cause
D'intimes voluptés et de plaisirs secrets !

O vous, à qui je dois une métamorphose
Qui sur mes jours de deuil répandit tant d'attraits !
Votre image où mon œil enchanté se repose,
En tout lieu vient s'offrir devant mes pas distraits.

Comme un second moi-même en moi je vous sens vivre ;
Le jour, la nuit, partout vous semblez me poursuivre ;
Partout je vous entends, vous réponds et vous vois.

Douce union de l'âme ! adorable mystère !
S'aimer de tant d'amour, c'est fondre sur la terre
Deux êtres dans un seul, comme un seul Dieu en trois.

J'AIME, JE CROIS !

Source des voluptés, o Déesse nature !
L'esprit peut renier ton principe éternel ;
Il peut voir l'univers, spectacle solennel,
Et devant l'infini flotter à l'aventure.

Moi-même, travaillé par ce doute cruel,
J'ai scruté vainement et, folle créature,
J'ai dit : « Qu'est-ce que Dieu ? Système, conjecture ;
Dieu c'est tout ; tout est Dieu ; le monde est immortel.

Il est parce qu'il est ; pour le reste, mystère... »
— Mais quand des voluptés au-dessus de la terre
M'enlèvent palpitant dans leurs orbes de feu ;

Dans un concert divin lorsque notre âme unie
S'exhale, ivre d'amour, en brûlante harmonie,
J'aime, je crois, j'adore et je dis : — « Gloire à Dieu ! »

A MON AMI CARLE

STATUAIRE

Bravo, Cärle ! c'est bien sa rêveuse paupière
Où brille la noblesse, où règne la bonté,
C'est bien là sa candeur à la fois simple et fière ;
C'est bien là son front large empreint de majesté !

C'est bien là cette bouche encor, d'où la prière,
Comme un encens d'amour, vers le ciel a monté,
Qui ne s'ouvrit jamais, durant sa vie entière,
Que pour bénir ! — C'est Elle, ange de pureté !

Ah ! si, poète obscur, parmi les noms célèbres,
Mon nom de l'avenir peut vaincre les ténèbres,
Ce buste avec le mien peut-être survivra.

En montrant mon image, on s'écrira : — « C'est elle
Qui fit brûler son cœur pour la palme Immortelle ! »
Et votre nom aussi, Carle, retentira !

TOI !

Comme le nonchalant gondolier dont la rame
A son esquif dormeur ne prête plus secours,
Dans un rêve amoureux laisser flotter mon âme,
Aux élans de mon cœur donner un libre cours ;

Suivre d'un œil ému les traces de la flamme
Dont tu brûlas mon sein, bel astre de mes jours !
Dire combien de toi je suis fier, noble femme !
Fier de tes hauts pensers et fier de nos amours !

Te peindre par mes chants les heures fortunées
Que le destin nous garde, avant que nos années
Ne tombent comme l'herbe aux pieds du moissonneur

Me retourner souvent vers un passé que j'aime
Et dont l'éclat ferait éclipser le ciel même ;
Quand je suis loin de toi, c'est encor du bonheur !

ENFIN! TU M'ES RENDUE

Lorsqu'en butte aux horreurs qui suivent un naufrage,
Pâles, mourants de faim, implorant un peu d'eau,
De pauvres nautonniers, sur un frêle radeau,
Après mille dangers échappent à l'orage ;

Quand du sombre beffroi le sinistre marteau
Annonce aux condamnés le terrible passage
De la vie au trépas, et qu'un heureux message
Les sauve tout à coup de l'infâme couteau ;

Qui peindra les élans tumultueux de joie
Qu'un changement pareil en leur âme déploie ?
Qui peindra leur ivresse après tant de douleurs ?

Toi que j'ai vu languir, mon Idole charmante,
Voici que tu renais plus belle et plus aimante...
Va ! mes transports en rien ne le cèdent aux leurs !

LA FUITE

FUYONS !

t tu m'avais caché le mal qui te dévore,
   Et moi, qui sur la foi d'un retour passager
Me berçais follement d'un espoir mensonger !
Et tu voulais mourir, crois-tu que je l'ignore ?

Et tu te résignais !! — Noble femme, pourquoi ?
Ne m'appartiens-tu pas ? Il faudrait être un lâche
Pour te laisser mourir, toi que j'aime ! — Suis-moi !
Fuyons, au nom du ciel ! fuyons, que je t'arrache
A ce gouffre béant ! Viens ! je tremble pour toi !
Oh ! je tremble ! suis-moi, suis-moi !

LA COLOMBE

Viens; quand le jour tombe,
Et que l'oiseleur
En tumulte, en pleur,
Te pourfuit, colombe.

Viens, à la douleur
L'âme en toi fuccombe.
Vers la froide tombe
Tu cours dans ta fleur.

Viens! ta lèvre eft pâle.
On y fent le râle
De ton cœur martyr.

Ceux que l'Autour cherche,
Dieu leur tend la perche;
Viens! il faut partir.

LA JUMENT NOIRE

Sombre jument, dont le crin se hérisse,
La mer se cabre, et le vaisseau rugit ;
Mais vainement il lutte, il réagit,
Du noir coursier rien ne rompt le caprice.

— « Soit ! en avant. » — La tempête enhardit
Le couple : — « Abîme, ouragan, précipice ?
« Fuyons, dit-elle, et Dieu nous soit propice. »
— Sous nos jarrets le cheval noir bondit.

Au chemin large où nos deux pieds le lancent,
Côte, horizon, — devant nos yeux, — balancent
Comme un brouillard Gêne, Malte, Syra ;

Smyrne, Stamboul, Sinope, Trébizonde. —
« Cœur contre cœur, fuyons ! à nous le monde ;
« Qui peut aimer en fait son Alhambra. »

LA SORTIE DE MALTE

Nous quittions Malte. On nous menait au port
Où d'Orient se fait la quarantaine.
Déjà la mer blanchit fauve et hautaine ;
Au bout du cap, l'onde écumait plus fort.

Au bout du cap, semblait venir la mort.
Sur cette eau creuse où voguait une Hélène,
Vents et frayeurs ont coupé mon haleine.
J'ai craint aussi qu'elle eût peur... j'avais tort. —

La vague eut beau redoubler ses secousses,
Mes mains pressaient deux mains calmes et douces.
Je me voyais tremblant à chaque heurt...

Elle ? impassible, encor prête à sourire,
Sur mon épaule appuyée, osa dire :
« Quand on est deux, qu'importe si l'on meurt ? »

CONSTANTINOPLE

Le bâtiment longe la Corne d'or ;
De Marmara les eaux courtes et minces,
En clapotant baisent l'Ile des Princes,
Où des marfouins la ronde joue encor.

L'Homme au caïck s'en vient à nous l'œil rêche.
Les minarets pointent leur longue flèche.
Conftantinople, éblouiffante, fraîche,
Offre à nos yeux le Sérail, les Sept-Tours.

Ses murs font peints de chaudes bigarrures ;
Chaque mosquée éployant fes parures,
En arabefque évide fes contours.

La ville, en cercle, au grand golfe fe montre.
Le monde entier f'y heurte et f'y rencontre ;
Nous eûmes là du calme, et de beaux jours.

LE VEILLEUR DE NUIT

Galata, blanche tour, dont le veilleur est l'hôte :
« Stamboul brûle ! » dit-il. L'homme au bâton de fer
Heurte au seuil des maisons ; clameurs et bruit d'enfer :
« Stamboul brûle ! » A mon lit, je me dresse et je saute.

— Elle aussi se réveille. — Et, toujours à voix haute :
« Stamboul brûle ! » — Qu'importe ? ouvre-moi les yeux ; l'air
Où l'incendie éclate a moins d'âme et d'éclair. —
'Brûle Constantinople, et Stamboul, sur sa côte ;

Brûle Harem, Mosquée, Eyoub et Scutari !... —
Viens ! le veilleur nocturne a beau jeter son cri... —
'D'ailleurs que ferions-nous ? — Écoute ?... il se retire. —

Au seuil ne cogne plus son lourd bâton de fer.
Ouvre tes yeux !... parfum d'amour, brises de mer
Au Bosphore ondoyant font le ciel, l'eau sourire.

LES EAUX DOUCES D'ASIE

Là, sous le chaud soleil, dans les sentiers de mousse,
   Plus tendre est le varech, les platanes plus verts ;
Là, cette onde, qui coule entre deux univers,
A des sons plus chanteurs, de plus molles secousses...

Mais un orage a fait remonter aux eaux douces
Le Bosphore ; — la source a pris du sel des mers
L'âpreté, le bitume ; et sous les flots amers,
Déjà, du caroubier meurent les jeunes pousses.

Enfin, renaît le calme ; et le flux redescend.
A mesure qu'il baisse et se retire, on sent
Aux eaux douces rentrer les odeurs bienfaitrices.

Ainsi du souvenir ?... Du cœur les cicatrices
Se ferment ; et nos yeux touchés, ravis, émus,
Cherchent avidement, hélas ! ce qui n'est plus. —

LÉ CAÏCK

*M*arche ! svelte canot, fin comme une hirondelle,
   Marche, et longe Abydos, à Léandre lieu cher ;
Ta proue est une flèche et ton fleuve une mer ;
Vois l'Épouse de cœur qui m'aime ; et moi près d'elle. —

Marche ! la belle eau bleue à ta conque ruisselle ;
Et parmi ces splendeurs du sol, de l'eau, de l'air,
Il n'est pas un rayon, il n'est pas un éclair,
Que du regard aimé n'éclipse une étincelle.

O Bosphore ! elle et moi, nous mourrons ?... Mais un jour
De tes ondes, je veux qu'un flot de poésie
Des ruines du temps sauve, Elle et notre amour.

L'amour ? c'est l'immortel ; — sur les côtes d'Asie,
Existe encor le Temple, Héro ! la frêle tour
Où Byron est resté l'âme chaude et transie.

OU SABRE NE FAIT BRÈCHE

ahmoud ! ton cheval se cabre.
   Frappe, mauvais musulman ;
Roule à tes pieds de l'Iman
Le vieux chef luisant et glabre.

Mahmoud ! contre lui ton sabre
Décoche un faible argument.
Vois ton Empire ottoman
Danser la danse macabre... —

L'Islam n'est plus de saison ;
Mais l'Iman avait raison :
On ne refait point des ombres.

Tu souffles sur des décombres ;
Et, musulman ni chrétien,
Un Turc déturqué n'est rien.

LA VILLE BLANCHE

inope est grand comme une échoppe ;
On y vit, sans peine et sans bruit,
D'eau, de maïs, d'herbe et de fruit,
Comme au désert fait l'antilope.

Pour moi, qui deviens misanthrope,
C'était l'Éden que ce réduit ;
— Où que le hasard m'eût conduit,
Chez Patriarche, Iman ou Pope ;

Avec Elle échappé d'Europe,
Là, j'aurais eu calme et bonheur ; —
Le deuil à présent m'enveloppe.

Dans les États du Grand-Seigneur,
Dieu sur ma tête, Elle à mon cœur,
Le Paradis !... c'était Sinope.

LA FONTAINE DE TOP-HANÉ

Le toit, — en pagodes ; — des fresques,
Des pointes, des festons au bord,
Où l'hirondelle perche, et dort
Mêlant sa queue aux arabesques.

La grille, — en arceaux barbaresques,
Où du Koran la lettre d'or,
Du fronton lumineux décor,
Se contourne aux piliers mauresques.

Femme turque, ombré ton œil luit.
Dans la vasque aussi, sous le voile,
L'eau qui tombe éclate en étoile.

Fontaine, coule... le temps fuit.
Et pour nous ! ce qu'il eut de charmes,
Seul ! j'y pense... Coulez, mes larmes.

TRÉBIZONDE

Là, sont des peuplades bourrues ;
Des huttes la porte est un trou.
Murs faits d'argile et de caillou,
Enluminés de couleurs crues.

Une fosse au milieu des rues
Y creuse une longue ornière, où
Passent les chameaux au long cou,
Et sur les toits perchent les grues.

C'était novembre ; il y gelait.
Mais brise d'amour y soufflait,
Et je riais du vent nocturne.

J'ai vu Malte, Syra, Corfou.
Ce que j'aime est Trébizonde, où
Ma Rachel me présentait l'urne.

NOTRE RETOUR A STAMBOUL

*D*ieu, dit l'Iman, eſt Dieu; Mahomet ſon prophète.
  Je ne ſais ; mais Stamboul et ſes longs cyprès verts,
Ses hauts minarets blancs, ſont Rois de l'univers.
Stamboul, ſur la montagne, eſt la cité parfaite.

Dieu, dit l'Iman, eſt Dieu, Mahomet ſon prophète,
Je ne ſais ; mais de roſe Eyóub, Péra couverts ;
Mais cette immenſe rade où ſe joignent deux mers,
Et dont la corne d'or vient couronner le faîte ;

Mais cette eau, bleu ſaphir ; cet air, criſtal vermeil,
Tous ces rayonnements de parfum, de ſoleil,
En eux portent bien joie, extaſe où l'amour jette.

Dieu, dit l'Iman, eſt Dieu; Mahomet ſon prophète.
Oui, ſi l'homme était ſage, au cœur n'ayant qu'un vœu :
Aimer, jouir ; — la vie eſt prompte, et l'on vit peu.

LE MINARET

Monte, fine aiguille,
Flèche, minaret !
Monte comme un trait,
Svelte campanille.

Sous toi disparaît
Stamboul qui fourmille,
Et le Turc, torpille
Que rien ne distrait.

Monte, fine aiguille,
Escalier de jonc,
Haut comme un donjon !

Le soleil te dore...
Fais luire, et colore
Ton spectre au Bosphore.

LE CHAMP DES MORTS

Un peu de marbre, et deſſus un verſet
    Pris du Koran, voilà le champ des tombes.
Elle, penſive aux vertes catacombes :
Prions, dit-elle. — Un aigle noir paſſait. —

Un ſpeêtre au cœur déjà nous meurtriſſait :
Le mal d'exil. — Dans le deuil tu retombes,
Viens, m'écriai-je, à l'arbre où les colombes
Poſent leur nid ! — Un aigle noir paſſait. —

Viens ! Et ſon pied heurte un héliotrope.
L'herbe, l'odeur, lui remémore Europe,
France ! une plaie où je crains de toucher. —

Un aigle noir, que Dieu fait ſon miniſtre,
Au tumulus tordait ſon vol ſiniſtre ;
Quand je l'ai vu ſur nous deux ſe pencher.

DERNIÈRE ÉTAPE A STAMBOUL

Nous jetons l'ancre à Stamboul la superbe.
    En haut, la tour du veilleur ; — à Péra,
C'eſt le Kiosque au grand air d'Alhambra.
Son âne y mène un vieil Eunuque imberbe.

Le muezzin jette aux croyants le verbe ;
Le rameur coupe en pleine eau Marmara,
Y conduiſant... deux vierges du Sahra.
Quant aux marſouins, gaîment ils vont en gerbe.

Et la moſquée !... où tant de minarets
Chargent le ciel de leurs blanches forêts ;
Et les croiſſants plaqués au front des dômes.

Stamboul !... cité des Houris et des gnômes,
Salut ! — Mais vous ! champs des morts, noirs cyprès,
Dites-vous pas ? — Le jour vient des regrets.

LE RETOUR

DIEU CRÉANT

Aimer ! — S'il n'aimait pas, Dieu, principe de l'Être,
Dieu, cet unique Époux de l'Hymen infini ;
Un et double ; — en foi-même à jamais réuni ; —
Dieu, l'océan d'amour qui fait de lui tout naître ;

Dieu, s'il ceffait d'aimer, difcontinûrait d'être ;
Dieu... Dieu même d'amour n'eft ému, n'eft ravi
Que s'il étreint, lié dans fon orbe, afservi,
Palpitant, quelque monde où fon rayon pénètre.

Nous auffi, notre joie eft, — au fond du néant, —
De fuivre Dieu, le Père, et de l'y voir créant. —
Aimer !... loi de la terre, et du ciel et des mondes ;

Aimer !... de l'Infini cet aftre eft le milieu ;
Au vide et dans l'éther, partout flottent fes ondes.
Frère, et qui n'aime pas eft l'ennemi de Dieu.

PAYSAGE

Le hameau fous nos pieds, et le bois à mi-côte,
Où monte le chemin creufé comme un fillon.
L'air eft calme, il fait beau ; coccinelle et grillon
Gliffent d'un pas furtif dans l'herbe fèche et haute.

L'air eft calme ; ô mon cœur, vois ce bleu papillon,
Qui vogue à travers ciel, joyeux aréonaute,
Et cette mufaraigne à travers champ qui faute.
C'eft du monde réel l'éternel tourbillon.

Mais de quel doux éclair le réel fe colore,
Quand des beaux jours perdus le fonge y vient éclore ;
Qu'un toit de chaume, un arbre, un fentier, le ruiffeau,

Le moulin qui claquette, ou le bélier qui fonne
Nous montrent clairement ce que ne voit perfonne !
L'heure, où l'amour candide échappait du berceau.

PRÈS DE HERME

on cheval hennit.
    Porte verte et blanche
Où sa tête penche,
Mon cœur te bénit.

Madame ! pervenche
Et sureau verdit ;
Et quelqu'un vous dit,
Madame : une branche ?

Mon cheval hennit...
Vos pieds de granit
Veulent-ils des larmes ?

Je mens !... tu me charmes ;
Et tes pieds sont doux...
Madame ! ouvrez-nous.

FANTAISIE

L'œil brun de ma brune
    Luit doux et vermeil ;
Il est mon soleil
Et mon clair de lune.

Et si, par fortune,
Me vient au sommeil
Doux rêve... au réveil,
Je garde rancune... —

L'astre a disparu.
Le jour m'importune !
En moi, j'avais cru... —

Mon soleil, ma lune,
Œil brun de ma brune,
Quand reviendras-tu ?

L'HOMME PLANTE

Quand février eft de retour,
*   La brife eft douce, elle careffe...*
Le foleil aux portes du jour,
Comme un triomphateur fe dreffe !

Janvier, qui précède fa cour,
Déjà ftimule fa pareffe. —
O toi, que j'aime avec amour,
O toi que j'aime avec ivreffe.

Tu fais ? je fuis fils du foleil ;
Et, comme fait l'humble pervenche,
Lui mort, je languis, je me penche.

Il revient... Je fens le réveil ;
Ma fève circule moins lente...
Que veux-tu ? Je fuis l'homme plante.

VEILLE DE LA SAINT-ÉTIENNE
(24 décembre)

Oui, la gloire s'achète au prix du sacrifice ;
  Oui, tout ce que l'on crée est un fruit de douleurs ;
Oui, la palme cueillie au rude précipice,
Fille de la tempête, y germe dans les pleurs.

L'Homme, — à l'instinct sacré pour peu qu'il obéisse, —
Environne ses pas d'un cercle de malheurs...
Le génie est la foudre... Où que son feu jaillisse,
Sur chaque front qu'il touche il empreint ses pâleurs...

Mais le triomphe un jour succède à l'agonie ;
Mais l'avenir approche... Espère, ô Stéphanie !
Un soleil rayonnant doit naître au ciel calmé...

Le Poète longtemps va couronné d'épines ;
Mais qu'il monte et surnage, aux régions divines
Il règne, lui, son œuvre, et ceux qui l'ont aimé...

L'HEURE INTIME

*L*a lampe au guéridon nous éclairait tous deux,
   Moi perdu dans ton souffle, et toi, sur la dentelle
Faisant courir l'aiguille ; un jet de ta prunelle
Illuminait ma vie et comblait tous mes vœux.

La lampe au guéridon nous éclairait tous deux :
Toi calme, moi troublé ; moi qui seul me rappelle
L'heure intime où la femme est aux amants plus belle,
Où d'un choc passager toi-même tu t'émeus... —

Comme l'astre des nuits sous le soleil rayonne,
Aux fournaises du jour comme le glacier fond,
Qui ne vibre aux lueurs d'un sentiment profond ?...

Oui ; mais, loin du cratère où le soufre bouillonne,
Le pic glacé reprend son manteau froid et nu ;
Et... taisons-nous, Amour ! tu ferais mal venu.

L'AUBE IMMACULÉE

Entre elle et moi, l'amour chaste eut des jours,
Des jours bénis, les plus chers, les plus tendres :
Ceux du brasier, qui n'a jamais de cendres ;
Ceux où la joie est sans d'amers retours.

Passion haute, — inconnue aux Léandres, —
La seule vraie et qu'on aime toujours ;
Dont les éclairs, — tout brodés de velours, —
N'ont eu jamais ni de pleurs, ni d'esclandres.

L'eau blanche et calme, où j'ai vu dans son cours
Luire des nuits chastes comme les jours ;
Où frère et sœur ont respecté l'Épouse ;

Où l'heureux couple, exalté de candeur,
Eut l'idéal ; eut en pleine verdeur
L'Éden, dont Ève aurait été jalouse. —

LES NUITS BLEUES

Mille lueurs sortaient de nos paupières.
De nos deux cœurs mille échos résonnaient.
Aux nuits d'amour, nos deux mains se donnaient ;
Nuits d'amour vierge et pour nous les premières.

Sur nos deux fronts, pendant que rayonnaient
L'aube nocturne et ses blanches lumières,
Un rossignol vint me dire : — « Aux Oulmières,
Je sais pourquoi l'air et l'eau frissonnaient ;

Les nuits de juin ont déployé leur faste ;
A vos soupirs, quel Dieu suspend leur vol ?
— Aime, et jouis, mets ta lèvre à son col... » —

Elle : — « Va-t-en ; crains la honte et le dol. »
Et chaque étoile, au fond du grand ciel vaste,
Ne s'est point mise au reposoir, plus chaste.

7

SUR LA MONTAGNE

Vois, lui disais-je, aux flancs des Pyrénées,
Les grands sapins côte à côte vieillis !...
— Dans leurs amours saintement recueillis,
Légèrement ils portent leurs années. —

Les durs hivers ne les ont point ternis ;
Le torrent coule aux pentes ruinées ;
Mais l'eau des pics, les roches entraînées
En les heurtant les ont mieux réunis.

Les chocs entre eux ont fendu leur écorce ;
Leurs troncs soudés ont plus d'âme et de force ;
Ils étaient deux et ne forment plus qu'un.

Ainsi nos jours en luttes et tempêtes
Se sont mêlés ; ainsi nos cœurs, nos têtes
Se sont greffés sous un aubier commun.

BIARITZ

*I*l faisait nuit ; au cap le phare rayonnait ;
   Au sud, du haut des pics, le vent soufflait d'Espagne.
Nous sentions dans l'air soudre un parfum de montagne ;
C'était brume ; et des mers le clavier frissonnait.

Comme un orgue, à nos pieds la vague fredonnait ;
Chaque astre au ciel montait parcourant son ellipse ;
Puis le phare éclatait ; puis venait une éclipse.
C'était brume ; et des mers le clavier frissonnait.

Elle me dit : « Tu pars, mon Voyageur pédestre ?
Va ; dirige ta course aux sentiers de granit,
Où l'Isard met son gîte, où l'aigle pend son nid. »

Il faisait nuit, — le flot, le vent, le grand orchestre
Chantaient ; — et sous nos yeux nous voyions réunis
Les monts pyrénéens, la mer... deux infinis !

PAYS BASQUE

De la montagne ici le flux roule et s'épanche.
    Ici, de l'Océan des pêcheurs sont venus,
Peuples dont l'idiome a des mots inconnus ;
Ils vont le pied actif, la tête haute et franche.

La Basquaise aux yeux d'aigle et pourtant ingénue
Est le rosier de l'Inde à la peau fine et blanche ;
La cruche sur le front et le poing sur la hanche,
Souple, elle rase l'herbe à pas vifs et menus.

Son épaule de bronze a des lignes de marbre.
Le soir, quand elle chante, on dirait sous un arbre
La vierge d'Ispahan, de Smyrne ou de Madras.

Filles de Moléon, d'Hasparen, quand on parle
Des filles de Valogne, et de Granville, ou d'Arle,
C'est qu'on cherche, à défaut de diamant, le strass.

PASSÉ, PRÉSENT, AVENIR

Avoir vingt ans fondu l'un dans l'autre son être,
   Marché du même pas et vécu du même air,
Jumeaux liés entre eux, que même instant vit naître,
Heurté le même écueil et sur terre et sur mer ;

Après vingt ans passés à s'aimer, se connaître,
Vingt ans le cœur au cœur, tel que l'aimant au fer,
Unis dans l'infortune, unis dans le bien-être,
Se retrouver toujours l'un à l'autre plus cher ;

Dans l'éternel amour raviver sa jeunesse,
Fixer l'aile du temps et, bravant la vieillesse,
Rajeunir son hiver des fleurs de son printemps ;

Voilà notre passé, jour qui se décolore ;
Voilà notre présent, aube qui vient d'éclore,
Notre avenir, doux soir, et qui luira longtemps.

A TRAVERS LES MONDES

NOVISSIMA VERBA

lle eſt morte !... Le cœur frémit à ce myſtère,
    Recule, épouvanté !... — La mort !... penſée auſtère.
L'avenir d'un ſeul coup dépeuplé, foudroyé !...
J'ai blaſphémé d'abord, puis je me ſuis ployé.
Du tombeau quand j'ai vu ſe dreſſer le couvercle,
Un horizon terrible a déroulé ſon cercle.
L'épave de mes jours reſtait ſur cet écueil ;
La moitié de moi-même entrait dans ce cercueil.
Mes oſſements tombaient en pouſſière. — Le marbre
Couvre auſſi ma dépouille ; — et je vis ! — comme l'arbre
Dont l'écorce enveloppe un aubier vermoulu.

La trompette a sonné ; dans le livre j'ai lu :
La lampe du sépulcre a des clartés profondes ;
Les ombres d'un coup d'aile embraffent les deux mondes.
Pauvre femme ! elle a dit : « Confole-toi ; ma mort
Eft mon dernier bienfait ; je veux t'ouvrir le port.
Il faut croire. Je meurs croyante, repentie ;
Et, fans te renier, de ce monde fortie,
Je plane au firmament ; je veillerai fur toi ;
Et je t'infpirerai. Demande au ciel la foi...
Elle fait les martyrs, elle fait les poètes.
Écoute ! Dieu palpite à mes lèvres muettes... »

Croyante et repentie, elle eft morte... — Je crois,
Je travaille. — Et j'ai mis fur fa tombe une croix.

DE PROFUNDIS CLAMOR

Au torrent de la vie, on eſt deux ; et dans l'ombre
Emporté ſur la barque, on affronte l'écueil ;
L'écueil couvre une tombe, Et qui ſe dreſſe au ſeuil ?
La Mort ; — le Dieu fatal, le ſpectre au regard ſombre.

Il nous prend une femme et la couche au cercueil ;
On ſe cherche ſoi-même, et l'on heurte un décombre.
De ce qui fut beauté, lumière, il fait une ombre,
Et l'emporte ; et c'eſt là le grand, l'éternel deuil.

Alors, autour du cœur, de l'aube au crépuſcule,
Quelque choſe de morne et lugubre circule,
Sourd comme un vent d'automne aux échos répété.

Clameur ſiniſtre ! On vit, mais rien n'a plus de charme.
Ce n'eſt l'eau, ni le vent ; c'eſt le bruit d'une larme
Dans la nuit, dans le vide et dans l'éternité.

UNE ÉPITAPHE

Paſſant, vois cette tombe ; et réfléchis, paſſant.
   Le chêne foudroyé perd ſes plus hautes branches ;
La pierre qui ſ'effondre au choc des avalanches
Croule en deux parts, et l'une aux abîmes desſcend.

Du navire, heurté contre un écueil, les hanches
Se coupent en deux troncs que diſperſe le vent.
Debout ſur ſa ruine, un rempart qui ſe fend
Lève encore, à demi-renverſé, quelques tranches.

Si l'arbre, le rocher, ſi le vaiſſeau, le mur,
Regardent triſtement au précipice obſcur
La plus chère moitié dont la mort les dépouille,

Paſſant, vois ce tombeau ! Là, quand je m'agenouille,
Je cherche de moi-même un fragment ſéparé,
Un tronçon de ma vie au ſépulcre enterré.

L'ANNEAU DES SOUVENIRS

out eſt fini. — Mes jours ſont fermés comme un livre,
  Sous l'arbre du bonheur je me ſuis repoſé.
L'arbre n'a plus de ſève; il demande, épuiſé,
Celle qui l'animait et qui le faiſait vivre.

Elle eſt partie. Et moi qui reſte seul, briſé,
J'appelle auſſi le jour qui conſole et délivre.
Elle m'a précédé. Je ſuis prêt à la ſuivre.
Triſte et ſeul, le chemin du ſépulcre eſt aiſé.

Quand Dieu détachera mon âme priſonnière,
Enfant, rappelle-toi ma volonté dernière :
Je porte au doigt l'anneau que ta mère a porté.

Cette ſainte relique, où mon deuil ſ'agenouille,
Défends qu'à mon linceul aucun ne m'en dépouille :
Ma mère auſſi l'avait quand elle m'a quitté.

AIMANTE, AIMÉE

Repose; et sois bénie, ô femme aimante, aimée !
    Aux abeilles ton lierre encor donne le miel,
L'ombre à mon deuil. Le jour idéal, mais réel,
Doux au cœur, luit encor de la tombe fermée.

Qu'importe à nos amours l'exil long et cruel !
Va ! que dans la demeure où tu dors inhumée
Ta torche soit éteinte ; elle s'est rallumée
Plus ardente au foyer du jour perpétuel.

Les appareils du deuil n'ont rien qui m'épouvante ;
Et ta voix me répond ; je te sens là, vivante.
L'âme qui ne meurt pas résonne autour de nous.

Et le feu qu'elle épand, et l'hymne qu'elle entonne
Ressemble aux vents du soir dans les brises d'automne,
Qui, venus de plus loin, en paraissent plus doux.

L'AUTRE TOMBE

Près du vieux porche, en regard du clocher,
    Existe un tertre où, dans mes jeux d'enfance,
J'allais, — aux morts peut-être est-ce une offense ! —
Courir les nids, aux arbres me percher.

Ce monticule a sous l'herbe un rocher,
Dalle rustique, où la croix se balance.
Vous qui passez, priez, faites silence :
Là dort ma mère, aux abris du clocher.

Ronce, églantier, armoise et renoncule,
Du vert tombeau sortent leur pédoncule :
Ombre et soleil ; un lieu triste et charmant.

C'est en prière à ce doux monument
Que j'ai revu tes prés, tes bois, Noailles !
Et le pinson chantait dans les broussailles.

MAISON DERNIÈRE

Doux fentier blanc, où mon aube a relui,
    Me voilà feul. L'air eft morne. Il bruine.
Il fait froid. Seul à porter ma ruine,
Je vais traînant mon ombre et mon ennui.

L'homme ifolé voit terne autour de lui.
Et dans la rue, ou la chambre voifine,
Rien ne lui parle, et tout le déracine ;
Tout avec l'âge eft mort ; tout eft fini.

Elle eft à Dieu ! — Je n'ai plus fœur, ni frère ; —
Où m'abriter ? — Dans quel coin funéraire
Creufer un gîte à mon dernier repos ?

Je n'ai plus rien : rêve, but, ni chimère...
Plus rien que l'herbe inculte où dort ma mère.
Là, du paffé viendront quelques échos... —

LE PARC AUX SOUVENIRS

Paris nous ronge; adieu la meule
Qui m'a broyé. Je veux la paix,
Je veux l'ombre. Adieu donc; je vais
Loin du cerbère à triple gueule.

Je pars vieilli; mon âme est seule;
Mais, dans un hameau, je connais
Un parc, où je me promenais...
Deux enfants suivaient leur Aïeule.

Puis venait au jardin, le soir,
Elle, — la morte au grand œil noir, —
Qui fut ma Laure et mon Hélène.

Les oiseaux chantaient à l'entour.
Son souffle était la marjolaine,
Le rayon de ses yeux !.... l'amour.

CHANSON DU PÈLERIN

Noailles, Merlemont, Mouchy, Berthecourt, Herme !
L'enfant et l'homme mûr vous falue, ô féjour
Où deux femmes m'auront aimé de cœur, d'amour :
Elle et ma mère ! — Ici la tombe, et tout fe ferme.

Berthecourt ! le vieux pont, le chemin creux, la ferme ;
Mouchy ! la pièce d'eau, le parc, la grande tour ;
Herme ! le moulin neuf roue et vanne au bruit fourd ;
Merlemont ! côte aride, où prefque rien ne germe ;

Noailles ! nid de merle au fond des marécages ;
Les mille filets d'eau courant fous tes bocages,
Les grands faules longeant tes prés couverts de joncs.

Et le jardin, le puits, le coq et les pigeons !... —
Mais outre le château, l'églife et les deux fermes,
N'eft-il rien, Berthecourt, que pour moi tu renfermes ?

ULMIS FLAMEN

J'ai revu le hameau, — le parc ; — j'ai treffailli... —
Vieux ormes, hauts de taille et cambrés fur vos hanches,
Les ramiers ont un jour roucoulé dans vos branches ;
Elle avait l'œil fur moi... j'étais enorgueilli... —

Dites-nous fi le couple, à vos pieds recueilli,
Sous ce dais verdoyant panaché de fleurs blanches,
Ne goûtait point du cœur joie et voluptés franches,
Quand alors une fève en vous a rejailli ?

Quand alors, aux rameaux qui femblaient fe confondre,
Les ramiers font venus fe chercher, fe répondre,
Et, gorge contre gorge, en un baifer mourir !... —

Ce jour ! — voici longtemps, — ce jour que nous rêvâmes,
Vos ombres autour d'elle allaient comme des âmes
Lui difant à l'oreille : « Aime ! aimer, c'eft fleurir. »

9

LE SOLITAIRE HALLUCINÉ

Il faifait nuit ; au ciel roulaient des flots d'écumes ;
    D'une lanterne fourde on eût dit les rayons ;
Moi, j'étais comme un pauvre errant fous des haillons,
Qui dans l'obfcurité cache fes amertumes... —

Un fpectre eft apparu, feul, noyé dans les brumes ;
Il avançait au bord des éternels fillons ;
Et, nous cherchant de l'œil, pas à pas, nous allions,
Quand un Aigle fur nous a fecoué fes plumes.

L'Aigle était l'infini qui voltigeait en rond ;
La planète Vénus lui couronnait le front ;
Et démon-fpectre alors j'ai vu fortir une Elfe.

J'ai cru voir, au trépied, la Sybille de Delphe...
Mais non ; c'était la fœur de la déeffe Herta ;
Elle... qui me parlait ; et mon cœur palpita.

LA VOIX DE L'OMBRE

Autre ici ma pensée, autre mon cœur, ma vie.
En Dieu j'aime et je vois. D'un vol d'Anges suivie,
Lumineuse... plus rien ici-bas que j'envie !
L'astre et l'immensité me disent leurs concerts ;

Au-delà de l'espace, où sont d'âpres déserts ;
Où le vide tournoie, où la comète habite,
L'Être sans borne étend, dilate son orbite ;
Dans le chaos, Dieu jette une clarté subite...

Une brume alors... germe, embryon d'univers,
Qui flotte imperceptible, un atome d'atomes,
D'un souffle intérieur laisse voir les symptômes ;

Et le tourbillon marche ; on découvre au travers
Des mondes... Et bientôt, monde et soleil lui-même,
Sont achevés d'un mot, que Dieu seul prononce : « Aime ! »

SOUS LES ARBRES

C'eſt le nid ! Herbe et mouſſe, émeraude et porphyre.
　　C'eſt le bois, la maiſon, l'étang... Un chêne mort.
Couvre les alentours ; je l'ai vu jeune et fort,
. Comme auſſi le vieux cep où la grappe vient luire.

O doux nid ! — Dieu de Gnide, Éros, — Dieu de la Lyre,
Muſe ! — Anges de l'Éden ! — Sylphes, Démons du Nord ;
Et de l'Inde au Spitzberg, tout ce qui rêve, fort
Des inſtruments humains quand l'homme eſt en délire ;

Univerſel orcheſtre ! Harpe et luth où ſoupire
Tout ce qu'une âme ſonge, aime, admire et reſpire ; ·
Joignez-vous dans un long et radieux accord...

Sylphes ! de vos palais de jaſpes et de marbres,
Dites que ſur la terre un nid fut ſous les arbres
Reſté vide et fauché... Car l'un des deux eſt mort.

LE PETIT BOIS

L'*orme*, — *le tulipier*, — *le frêne du Japon*, —
Étendaient leur ramure aux vertes avenues.
Les fleurs dans ce bocage étaient les bienvenues ;
Sur un étang la chèvre y traversait un pont.

En septembre, le soir, toute herbe y sentait bon ;
Les oiseaux y semaient des plantes inconnues ;
L'Alouette étonnée y descendait des nues ;
Et ce bois !... l'Écureuil le franchissait d'un bond.

Pour nous, là fleurissaient mauve et jacinthe à Pâques,
Perce-neige à Noël ; l'été des lys Saint-Jacques ;
Et, dans la haie autour, des brins d'azaléa.

Si quelqu'un vous demande où fut un heureux couple :
Lui, jeune ; — Elle au cœur fier, aimant ; — et d'un pied souple
Rasant l'herbe tous deux ! répondez : « C'était là !... »

LE NOM CHER

Sur un orme des Pyrénées,
J'ai gravé le nom de Stéphane;
Sur un orme; autour il émane
Une odeur d'Iris et d'Aulnées.

Fleuve du temps, de qui l'eau fane
Nos songes, nos cœurs, nos années,
Parmi tant de pierres minées,
En est une au nom de Stéphane.

Sur un chêne on le lit encor,
Au porche d'une vieille Église
Je l'ai cloué comme un trésor,

Je veux qu'on l'aime et qu'on le lise;
Et, s'il n'est pas en lettres d'or,
Que, pauvre, on l'aime plus encor.

SIRIUS

Il faut se fuir ; — l'aube déferle ;
Nouez vos rubans de satin ;
Les écureuils battent le thym,
Au petit bois chante le merle.

Je pars ; — adieu, l'aube déferle ;
Déjà l'étoile du matin
Dans les brumes plonge et s'éteint ;
De vos cils noirs tombe une perle...

Je vous ai dit : « Nous vieillirons ;
Mais la jeune aube sur nos fronts
Luira jusqu'à la dernière heure... » —

Hélas ! le disque aux rayons d'or,
Joyeux, là-haut sourit encor ;
Vous dormez, ma Dame, et je pleure...

L'ANNÉE QUI S'OUVRE

vril tout larmoyant, mai fleuri d'aubépine,
     Juillet au front doré, septembre aux yeux rêveurs,
Octobre, qui vermeil tend la coupe aux Buveurs,
Ont dans l'azur gravi la céleste colline...

Et j'ai vu qu'ici-bas tout change, tout décline ;
Nos Amis d'aujourd'hui ne sont pas ceux d'hier ;
Brume qui tourne et flotte aux caprices de l'air,
Tout change, disparaît, meurt ou tombe en ruine.

Notre globe, qui change aussi, dans son parcours
Oscille ; et variant les nuits, les mois, les jours,
Navigue sur l'éther comme un vaisseau sur l'onde.

Spectacle plein de deuil, et dont l'homme est rongé,
Tout disparaît, tout change au spectacle du monde...
Je ne vois que ton cœur qui n'ait jamais changé.

A TRAVERS CHAMPS

Non! qui n'a pas connu, dans les campagnes vertes,
   Du cœur joie et frisson au trèfle et par les blés ;
Qui n'a point eu les yeux humides et troublés
Au bord de l'eau, du parc ou des landes désertes ;

Qui n'eut point son amour et sa vie enroulés
Aux brindilles des bois, de liserons couvertes,
N'a que des souvenirs qui sont tièdes, inertes.
Heureux les jours, Nature, en ton sein écoulés !

Heureux le couple aimant, qui parmi les Aulnaies,
De son pied voit la trace empreinte au long des haies,
Comme un fil de la Vierge aux broussailles pendu.

Le vent qui souffle alors, une onde, un frôle d'aile,
Même à quiconque veuf, hélas ! a tout perdu,
D'un temps qui fut la vie est le miroir fidèle. —

10

VELITUS SED NON VICTUS

Rêve d'or, le bonheur !... Rêve qui dure peu,
   Où nous désapprenons souvent à nous connaître...
— Ce qui nous trompe moins, ce qui nous fait renaître,
Et nous bronze au divin creuset, comme le feu ;

Ce qui nous passe au crible et relève en nous l'être ;
Ce qui porte et remet l'homme à son vrai milieu ;
L'enclume où sur nos cœurs bat le marteau de Dieu,
La serpe, enfin, qui nous émonde... le grand maître !

C'est la douleur ; — le pôle où l'aimant nous régit ;
Lorsque l'arc se détend, le nerf qui réagit,
Et d'autant plus actif que plus il nous déchire ;

C'est la douleur ! — Douleur ! je t'aime et te respire.
Viens, mon frère le deuil ; viens, l'angoisse ma sœur ;
Dans le mal qui vous trempe est une âpre douceur.

SA VOLONTÉ DERNIÈRE

Lettres d'amour, vous n'êtes plus que cendre ;
D'Elle j'en eus l'ordre à son lit de mort.
Mais d'heure en heure aussi j'arrive au port ;
Bientôt, sous terre aussi je vais descendre.

Adieu le monde. Une fosse où l'on dort
Contient le calme ; et tout être ému, tendre,
Tout cœur qui souffre, ailleurs ne peut prétendre ;
Car le méchant règne, en tout le plus fort.

Mais le méchant, ce dit-on, n'aime guère.
Qu'il nous exploite et nous donne la guerre ;
Que seul du monde il prenne honneurs, trésors.

Il n'aime pas ; — ses biens, qui les envie ? —
Ce mort de l'âme a-t-il connu la vie ?
Il l'usa toute aux plus abjects ressorts.

10.

LE ROND DES FÉES

*F*amille *ſ*candinave et qui venait d'Irlande.
— *Brune, elle avait au cœur de ce pur ſang du Nord,*
Où l'âme au merveilleux ſ'élève ſans effort. —
Quelquefois nous allions aux genêts dans la lande.

L'herbe était courte... Au pied de quelque ſaule mort,
Les Elfes, les Eſprits, raconte une légende,
Danſaient la nuit, ſemant de verveine et lavande
Un rond, un cercle jaune, où d'aucuns voient le ſort.

Sur la zone, qu'un ſpectre a dans ſon vol tracée,
Elle inclinait ce front large et plein de penſée,
Ce doux profil que Dieu dans l'albâtre ſculpta.

Et le vent agitait ſa noire et longue treſſe;
Et de la Germanie on eût dit la prêtreſſe
Menant aux bois le char de la déeſſe Herta... —

UNE RELIQUE

L'odeur de ce coffret m'apaise et me tourmente ;
Comme une Ombre, elle ici que je vois, que je sens,
D'un mystérieux baume enivre encor mes sens ;
Au sépulcre, elle vit belle, quoique dormante.

Ces cheveux noirs sont d'elle. — Œillet, réséda, menthe,
Arôme, esprit léger, à mon cœur frémissants,
Lorsque pleut au foyer le givre, au front les ans,
Parfums ! entourez-moi !... la solitude augmente.

L'hiver approche ; l'heure où grondent les vents sourds...
— Plaisirs qui n'êtes plus, route que j'ai suivie,
Mes souvenirs !... Du temps remontez bien le cours.

D'un souffle, — écho lointain, — j'aurais l'âme ravie,
Si l'amour, ce printemps qui fait aimer la vie,
Revenait, arc-en-ciel de neige, à mes vieux jours. —

L'HYMNE A DIEU

C'eſt devant toi, chère ombre ! et couronné du lierre
Qui, par mes ſoins, au ſeuil du tombeau vint germer,
Je dis : « Béniſſons Dieu ! Dieu qui fait vivre, aimer,
Et mourir jeune, aimant juſqu'à l'heure dernière ! »

Moi, qui n'aimerai plus ; moi, qui jauge la pierre
Où j'irai, près de toi, dormir, me renfermer ;
Je dis : « Béniſſons Dieu ; Dieu qui fait vivre, aimer,
Juſqu'à ce que la mort nous ait clos la paupière. »

Oui ! je ne ſais qui ſoit grand, doux et beau ſur terre,
Qui relève un eſprit, qui trempe un caractère,
Et qui, tout ſ'éteignant, puiſſe tout rallumer ;

Je ne ſais qu'une torche. Elle eſt au cœur dans l'âme.
Je vieillis ; mais ma cendre a des lueurs de flamme,
Et mon Verbe un cantique, à Dieu qui fait aimer !

MUSA ET MENS

L'âme que j'ai me vient d'elle, et de son esprit ; —
Comme mon créateur hautement je la nomme.
J'aurais dans un hameau continué mon somme,
Quand tout entier l'amour, la passion me prit.

J'étais le sauvageon. — Si ma branche fleurit,
Et si du bourgeon sort nèfle, cerise ou pomme,
Ombre ! je te le dois. — Ton souffle m'a fait homme.
Au cœur j'en ai le grain qui jamais ne périt.

Un tombeau nous sépare, et mon hiver commence ;
N'importe !... j'ai le souffle en moi ; j'ai la semence ;
J'ai l'esprit ; j'ai de toi ce qui survit toujours.

De l'orbe où Dieu te met, de la région haute,
Tu me tendras la main ; nous irons côte à côte ;
D'austères amitiés feront trève aux amours.

LES VEUVES

J'ai fait un songe ; l'air était noir et troublé ;
   C'était comme un déluge où trépidait la nue ;
Où sur le sol pleuvait la neige, — continue ;
Et jamais d'un tel froid l'homme n'avait tremblé.

L'heure où Dieu se révèle, et, comme un champ de blé,
Fauche monts et forêts, l'heure était revenue.
La glace, jusqu'alors aux pôles retenue,
Mer débordait !... ravins, cimes ! tout fut comblé.

Dans l'écume, où frémit cet ouragan de neige,
Des spectres haletants ! — « Qu'êtes-vous, leur criai-je,
Du cercle âpre et zélé, vous qui faites le tour ? »

— « Nous ? répondit un vague et long sanglot, nous sommes
Les âmes qui n'ont plus de sœurs ; — les âmes d'hommes
Aimants qui n'aiment plus ; les Veuves de l'amour. »

LES HAUTES CIMES

Seul, dans la brume, seul et pleurant son veuvage,
L'Aigle est au pic de Ger ou sur le mont perdu ;
Dans ses larmes du sang coule à son bec tordu ;
Il pleure, il saigne ; un deuil immense le ravage.

— « Seul ! dit-il... Plus d'écho sur ce granit sauvage ;
Seul ! mon cri de douleur, de moi seul entendu,
Tombe et meurt dans le vide où j'ai l'œil suspendu.
Rien ne répond, le lac glacé ni le rivage. »

Ton sort t'a fait vivre, Aigle, aux sentiers durs et froids.
Aigle ! la solitude attend les Dieux, les Rois ;
Toute femme aime peu ces voyageurs farouches.

Quelques-unes pourtant, qui sont de nobles souches,
Plutôt que ne pas être, et ramper sur le sol,
Dans la foudre et le givre accompagnent leur vol.

11

PREMIÈRE LARME

J'ai dit à l'ouragan : Viens ! franchissons les mers.
Et du Brésil, là-bas, nous touchions au rivage.
J'ai pris dans la savane une jument sauvage,
Et je lui criai : Marche ! arpente l'Univers.

L'Univers est un livre où peut-être une page
Me distraira le cœur du cercle où je me perds ;
Et nous courons du haut des pics au bord des mers.
Là sombrait à la côte un brick et l'équipage.

Ici, d'un roc pendaient deux aigles, deux vautours ;
De leur nid dégouttaient larme et sang des victimes.
Mais, voyant mes douleurs croître, j'ai fui les cimes.

Des rampes d'un volcan j'arpente les détours... —
Vides au moins déserts !... — Non ! là, comme toujours
Le deuil... la goutte d'eau pleure au fond des abîmes.

DEUXIÈME LARME

J'ai dit à mon cheval : Quittons les précipices ;
Viens ! Sur terre cherchons le coin que Dieu bénit ;
Où le bonheur, la joie, ont accroché leur nid ;
Dans l'Inde aux forêts d'ambre, et de myrrhe et d'épices.

J'ai remonté le Gange où l'Aréka jaunit ;
Où du soleil, l'air, l'eau, les bois vierges complices
D'un éternel Éden font germer les délices ;
Où l'Été recommence et jamais ne finit.

Aux flancs du mont sacré, j'ai surpris la pagode.
Aux jongles ! caïman, tigre, et leur antipode.
Le cerf, buvaient l'eau bleue où le lotus frémit.

L'oiseau de paradis sautait de liane en liane ;
Mais, de l'Inde au Brésil, de l'Égypte en Guyane,
Le deuil, l'éternel deuil est en moi qui gémit !

DERNIÈRE LARME

Je suis monté m'asseoir au cœur du Zodiaque,
Où gravite le jour, l'année et la saison ;
Mais j'eus beau conquérir monde, espace, horizon,
Je restai seul, maudit !... seul, hypocondriaque...

Les étoiles chantaient ; mais l'hymne élégiaque
Triste, aux échos du ciel eût donné le frisson ;
Les soleils au milieu détonnaient leur chanson ;
Mais c'était le sanglot de Job le Syriaque.

J'interrogeai les mois, les heures et les jours... —
Et le Printemps me dit : Pour toi mes fleurs sont mortes ;
L'Été : Des bois ombreux je te ferme les portes ;

Les heures : Dans ton deuil comme font les tambours
Voilés d'un crêpe, entends passer nos pieds funèbres...
Seul ! seul ! seul ! Et mon cœur s'est couvert de ténèbres.

ANNIVERSAIRE

L'insomnie aux ailes nocturnes
　　Pèse à tout jamais sur mon lit ;
Mes yeux, que la tristesse emplit,
. Sont ruisselants comme deux urnes.

Hélas ! l'homme est né pour périr.
. Je demande aux ifs funéraires
Combien d'amis, de sœurs, de frères,
Souffrent ce qui me fait souffrir.

Je ne vois que ruine et poudre ;
Je n'aperçois que fronts courbés,
Que fleurs et que rameaux tombés,
Au souffle qui vient nous dissoudre.

La terre est un séjour de deuil.
La vie est un champ de bataille
Où chacun soupire et travaille
A mettre les siens au cercueil.

Interrogez le sphynx des ombres :
Tout vivant a sa plaie au cœur ;
La mort, spectre vide et moqueur,
Entasse à nos pieds les décombres.

A mon tour j'ai souffert, gémi ;
Mais dans les pleurs Dieu nous féconde :
Ma douleur embrasse le monde ;
Le monde est mon dernier ami.

21 mai 1860.

SEPT ANS APRÈS

LA DÉCEPTION

LE SONNEUR

Je crois que le poète est en métal de cloche.
Coup d'aile ou d'éventail le heurte. Il retentit.
Pour un gant, une épaule, un pied souple et petit,
Il irait en ballon au diable, ou par le coche.

Il est gourmand de femme et de bon appétit.
Dès que lys, ou pervenche, ou fleur d'aristoloche
Répand sur quelque jupe un mystère... il approche,
Le rôdeur. — Pauvre insecte, au lustre il se rôtit.

Quinteux ; — selon le temps ; doux, aigre ; ange ou satyre,
De ses amours, le pauvre ! il chante le martyre ;
— Aux bois vierges, tantôt sous les camélias,

Il offre aux amoureux son bouquet de fleurettes ;
Tantôt, le cœur plein d'ombres et de peines secrètes,
Pour ceux qui n'aiment plus, des branches d'acacias.

DESPERANZA

S'il eſt vrai, pour aimer, que mon temps ſoit fini,
    Si toute branche eſt morte où je veux me ſuſpendre,
Si les ruches pour moi n'ont que fiel à répandre,
Roſiers que baume inerte, aſtres que jour terni ;

Souffrir, c'eſt vivre encor ; mes pleurs m'ont rajeuni.
De la verte montagne avant que de deſcendre,
Derniers lambeaux du cœur qui brûlez ſous la cendre,
Eſt-il vrai, pour aimer, que mon temps ſoit fini ?

Bel arbre ! les hivers bientôt vont te diſſoudre !
Non ! de l'eau de mes yeux j'en mouillerai la poudre,
Et tu reverdiras avant que de ſécher...

Hélas !... pour ce prodige, il n'eſt recours, ni charmes ;
Saigne donc, ô mon cœur ! coulez, mon ſang, mes larmes ;
L'onde palpite encor, qui pleut ſur le rocher.

UN MÉDAILLON DE JEUNE FILLE

Ce qu'autrefois j'ai pris du bout de mon ciseau,
L'ombre blanche, le spectre, avait mis dans l'argile
Le souffle, le joyau rayonnant, mais fragile;
La beauté !... ce qui charme et fuit comme l'oiseau.

Ton rire, éclair joyeux; ton col, souple roseau,
Nous restaient, — voyageuse ! — en ce plâtre, immobiles;
Tu parcourais l'Atlas, le Steppe, où les Kabyles
Hument, comme un lion, l'air libre à plein naseau.

Ton cheval à l'œil fauve, aigle aux pieds de gazelle,
Fier de son doux fardeau, se cabrait sous la selle,
Te portait, jeune femme ! à l'Édough, au Sahara.

Et qui l'eût deviné ? lorsque, dans ta famille,
Je sculptais ce front calme et doux de jeune fille
Ne rêvant Goum, Bédouin, Désert... qu'à l'Opéra.

LE BLASON DES PRUNELLES BLEUES

De quel saphir, de quel lapis sont faits tes yeux ?
   Dans quel fragment d'azur le Génie ou l'Archange
A taillé ce miroir qui rayonne et qui change,
Escarboucle échappée au dôme bleu des cieux ?

Est-ce un diamant ? Est-ce une opale ? — Un mélange
De turquoise, d'onix et d'ambre ? — Ou, disons mieux,
Ce qui brille sous l'arc de tes longs cils soyeux,
Est-ce la blonde Iris qui tremble aux bords du Gange ?

Corrège eût indiqué deux bluets sur sa toile,
Lamartine une perle et Pétrarque une étoile ;
De tes prunelles rien ne me rend la couleur :

Turquoise, opale, onyx, diamant, lapis, ambre,
C'est tout ce qui bleuit, flotte, ondoie ou se cambre
Pour s'épanouir flamme, étoile, perle ou fleur.

UNE PROMENADE

Que fîtes-vous hier, Belle Dame, à Verfailles ?
Les marbres du grand fiècle ont-ils bien accueilli
Votre beauté ? pour vous les eaux bien rejailli ?
Pour vous bien fredonné la fauvette aux brouffailles ?

Dans ce parc, Louis quatorze, avant qu'il n'eût vieilli,
De fes jeunes amours cachait les fiançailles...
Vois cet orme, où ton cœur f'émeut, où tu treffailles !
Ici, Montefpan; là, Fontange, ont défailli...

Derrière les grands ifs, une ombre fe dérobe ;
Regarde ! — Au long des murs, l'herbe où traîne ta robe
A frémi fous les pieds de la blonde aux cils d'or.

Autour d'elle chantaient les Quinault, les Molière;
Et toi, qui crains d'aimer !... Le nom de Lavallière,
— Écoute !... — à Trianon, à Marly fonne encor.

PSYCHÉ

Tu dors, Psyché ? Tu dors, beau marbre ? Et sur ton cou
Le peplum dénoué s'entr'ouvre ; et de ta lampe
Un long baiser de feu sur ton sein glisse et rampe ;
L'âme, bleu papillon, frémit sur ton genou.

Le monstre, — l'inconnu, qui sort je ne sais d'où, —
D'un coup d'aile a frôlé tes deux lèvres, la tempe,
Les cheveux... Dans leur onde Éros vole et se trempe,
Comme l'oiseau de l'Inde aux gerbes du bambou.

O Psyché ! Moi qui t'aime et qu'une fièvre tue,
Qui me sens à ton ombre incendier, transir,
Qui cherche l'idéal, mais ne peux le saisir ;

O Psyché ! le Dieu, l'homme altérés de désir,
Ne vivent que du philtre où l'on boit le plaisir,
Ne vivent que d'amour... — Veux-tu vivre, statue ? —

UNE MER DE GLACE

'ai provoqué l'amour, lui difant : « Fais-moi rire ! »
L'amour m'a fait pleurer. Son trait le plus amer,
— C'eft Dieu qui m'a puni, — m'eft entré dans la chair ;
J'en ai la plaie au cœur, âpre et qui me déchire.

— Nuits veuves de fommeil, froides comme l'enfer ! —
Pfyché ! Pfyché ! Ton fpectre eft donc là qui m'attire ?
Tu fais comme mes nuits, femme, et dans quel martyre !
Vont me traînant chaque heure aux longs anneaux de fer.

Je meurs... Mais à tes pieds tu permets que je meure.
Je hante, auprès de toi, du damné la demeure ;
Les abîmes du Dante aux neuf cercles maudits.

Je meurs ; je me tranfis, pris fous la mer de glace...
Non ! à tes pieds, au cercle où ta beauté m'enlace,
Tu me rends d'un clin d'œil mes jours d'aube attiédis.

DUODECIM CASTÆ VOLUPTATIS

Salut ! mes douze nuits : joie, amour, paix profonde.
La lune, comme un phare, éclatait fur le monde ;
Des zones de phofphore embrafaient l'air et l'onde ;
Et des langues de feu ferpentaient fur le fol ;

Le tiède et long foupir qui brûle, qui féconde,
L'amour, rayon propice à tous ceux qu'il inonde,
Preffait le flanc des monts de leur mamelle ronde ;
La lune, comme un phare, éclatait fur le monde.

Des feuilles d'arbre un chant fortait ; — le roffignol
Difait : « J'aime ; aimez-vous, et que tout fe réponde ! »
La lune, aux bords des eaux, jette fa clarté blonde ;

Que la lèvre à la lèvre et l'âme au cœur fe fonde.
Que l'âme au cœur repofe et le front fur le col ;
Vous ! des cieux et du temps, nuits ! arrêtez le vol... —

BOUQUET

Sur quel buiſſon a-t-on cueilli ta branche !
 Roſe de mai, courrière des beaux jours ?
Quand ma Pſyché te mit dans ſes atours,
Un Dieu baiſait ton urne verte et blanche. —

Un Dieu ! l'amour. Je vieillis, moi qui penche
Vers les jours froids où l'aſtre a ſon décours ;
Mais le cœur veille, et, jeune, aimant toujours,
Il cherche une eau qui jamais ne l'étanche ;

L'arbre qui germe au bord, le ſouvenir,
Porte des fruits que rien ne peut ternir,
Et dont l'hiver, ni le temps ne nous ſèvre.

Roſes, qu'elle eut dans un bal ſur le front,
Quand mes ſoleils pâliront, ſ'éteindront,
Pour rajeunir mon cœur, touchez ma lèvre.

MÊME AU DÉSERT

Mes veines sont de feu ; mes nuits sont un abîme
   De fièvre ; — et je ne puis dormir ; — et le chardon,
La ronce est à mon lit. — Sur ce mol édredon,
De jour en jour, la plaie à mon cœur s'envenime.

Et si j'ai près de vous quelque heure d'abandon,
C'est de l'ennui pour vous que cette joie intime ;
Je savoure un plaisir dont vous êtes victime ;
Ma présence vous gêne... Hélas ! plaignez-vous donc.

Que me ferait la vie, et le monde, et la gloire,
A moi ?... Si, vous priant, vous m'aviez entendu ;
Je vous ai tout donné ; m'avez-vous rien rendu ? —

Grand Dieu ! si vous m'aimiez, si je pouvais y croire,
Jusqu'au désert, dans l'ombre, à vos pieds étendu,
Je vivrais. — Vivre seul, c'est dur. — La vie est noire. —

ADIEU

J'ai dans l'âme une plaie, et ce qui s'en écoule, —
L'amour, — n'eut près de toi qu'un morne et froid accueil.
Ton cœur toujours glacé, toujours calme ton œil
Voit, — et ne s'émeut point, — l'âpre pente où je roule.

Adieu ! C'est trop souffrir ! Herbe que ton pied foule,
Brisé, je répandais mon parfum sur ton seuil.
Adieu ! J'emporterai mes larmes et mon deuil ;
Je fuirai ; j'irai seul me perdre dans la foule.

Mais souviens-toi qu'un homme a sur tes mains pleuré,
Et que ces pleurs tombés, jaillis de sa poitrine,
Sont le trésor plus cher que la perle marine ;

Et que plus d'un écrin au couvercle doré,
Des richesses du cœur jouant le simulacre,
A du cuivre au lieu d'or, du verre au lieu de nacre.

13

LA STATUE

Pſyché ! l'œil de pierre et le cœur auſſi... Femme
Ne vaut que par l'amour ! Femme qui ne ſent rien
D'Elle au reſte du monde a rompu le lien.
Elle eſt le tiſon mort, ſéché, que rien n'enflamme.

Elle eſt au déſert l'eau qui fait plus mal que bien ;
Eau croupie et ſtagnante, où meurt le cerf qui brame ;
Où le tigre altéré ſ'en vient boire et ſe pâme...
Eau qui tue, et fatale au Turc comme au chrétien.

Femme qui n'aime pas ! — C'eſt le navire à l'ancre
Qui ſe ronge inutile, et dans ſon calme plat
Laiſſe découdre au vent ſa voile ſur ſon mat.

Hommes ! voyez ce myrte ! — au cœur il porte un chancre :
L'impuiſſance d'aimer, — frère ou ſœur du chaos ;
C'eſt le fils du néant, le pire des fléaux. --

LA BICHE ET LE LION

Pour une biche, un vieux cerf pris d'amour
 Ne savait rien que pleurer et que geindre ;
Son feu dans l'eau menaçait de s'éteindre !
Ses pleurs gonflaient les ruisseaux d'alentour.

Mais autrement le lion fait sa cour ;
Lui, quand il souffre, il dédaigne se plaindre.
Blonde, un éclair de tes yeux peut l'atteindre ;
Il se relève, à son désert il court... —

Toi, dans ton parc, sur le thym et la mauve,
Tu dors en paix. — Lui ! haletant, l'œil fauve,
Couve son rêve et n'ose en approcher.

Sa langue fume et ses flancs battent l'herbe ;
Son vieux Rival pleure et brame. — Superbe,
Lui mord sa plaie et rit sous son rocher.

CONGÉ A VÉNUS

Beauté, jeuneſſe! adieu; flamme éteinte, nuit cloſe.
Mais j'ai le fleuve en moi, dont nul ne rompt le cours;
Qui, même, — pris de glace, — au fond marche toujours;
Et là, je m'appartiens; là, de moi je diſpoſe.

Là, le deſtin, les ans, femme, homme; aucune choſe
Ne peut m'intercepter au fil d'onde où je cours.
De nul je ne depends; à nul je n'ai recours.
Qui ſe ſuffit eſt libre et peut tout ce qu'il oſe. —

Là, j'ai pour m'étourdir plus que des millions;
J'ai le déſert, — un monde, — où, comme les lions,
Seul, ennuyé, mais libre, au ſoleil je me pâme.

J'ai ce qui manque au roi dans le luxe amolli,
Au riche inſolent, mais de débauche avili;
Ce qui vous manque auſſi, glaciers du pôle, — une âme! —

NUNC USQUE AD MORTEM

AMBULAT IN TENEBRIS

Fleurs de Noël, quand fous le givre éclofes,
D'un bleu rayon luifaient vos fronts pâlis;
Même aux fentiers de neige enfevelis,
J'ai pu me croire à la faifon des rofes.

Je me trompais. Le monde, hommes et chofes,
Sont à mes yeux des miroirs dépolis;
Adieu, beaux jours ! Les miens, d'ombres emplis,
Ont eu le foir, l'aube et les nuits morofes.

Dieu, par pitié, m'offre un moment d'oubli.
Le jeune efpoir, l'illufion première
Vint m'inonder d'aurore et de lumière.

Mais non : le drap dont j'écartais le pli,
Et qu'un blanc fpectre élève de fa tombe,
Pieux fouvenir, fur moi flotte et retombe.

LA FAUTE

ux pieds d'une Autre, un jour, le front baissé,
   D'un rêve éteint j'évoquais le fantôme;
J'ai cru, — couvant de mon aile un atome, —
En faire luire un rayon du Passé.

Le lis n'était que jonc; l'herbe que chaume;
Lymphe ni fève; un arbuste glacé.
Dieu m'a puni. L'écorce où j'ai tracé
Le chiffre amour n'avait faveur ni baume.

Elle! vivante, était le spectre... — Toi,
L'ombre!... semblais seule exister. — Pourquoi?
De ton front luit l'arc-en-ciel où j'ai foi.

Tu vins me dire : — « Où que ton œil se tourne,
Astre caché, dans ton ciel je séjourne.
Cherche!... partout, ce qui répond... c'est moi! »

LE PARDON

Ne t'ai-je point trahie et n'es-tu pas bleſſée ?
    — « Non, au ſéjour de Dieu, dans l'éternelle paix,
On dépouille âme et cœur de ce limon épais,
Dont ſe couvre ici-bas le corps et la penſée.

J'aime d'autre façon que ſur terre j'aimais.
De tes pleurs mon ſépulcre ayant bu la roſée,
Frère ! je ne veux pas que ta ſève épuiſée
Dans l'arbre défaillant tombe et meure à jamais.

Aime donc ; c'eſt la loi. Quiconque vit doit vivre.
Cherche une qui te vaille ; heureuse de vous ſuivre,
A vos heures d'oubli j'applaudirai d'en haut. »

— « Hé ! qui pourrai-je aimer ? Quand Dieu crée une femme,
O ma ſœur ! comme toi forte de cœur et d'âme,
Dieu repoſe. — En dehors, il n'eſt rien qui te vaut. — »

L'OUBLI

Oublions, sœur, mes jours de larme, d'oubliance.
J'ai détourné le front; ce ne fut qu'un instant;
Repenti, tout mon être est à toi palpitant.
Il n'était qu'entre nous le vrai nœud d'alliance.

De nos Aïeux gaulois j'ai foi, culte et croyance.
Aux bords de l'Infini, ton Esprit qui m'attend
Marche à côté du mien, harmonique et flottant.
Oublions, sœur, mes jours de larme, d'oubliance.

Je n'aimerai que toi, toi seul, épouse-sœur;
Et dussé-je émigrer de l'un à l'autre pôle,
Partout je sentirai ta main sur mon épaule.

Quelque globe, entre nous, mette son épaisseur,
Non, rien ne dissoudra l'union éternelle.
Mon cœur suivra ton souffle et mes yeux ta prunelle.

BUSTES ET FIGURINES

BUSTES ET FIGURINES

LA PHALANGE SACRÉE

L'esprit, le goût, font de droit oligarques.
  Les peuples n'ont le tact, l'esprit, le goût,
Que lorsqu'un choix sépare du grand tout
Des cœurs d'élite, où l'art a mis ses marques.

L'instinct du nombre est bas, et se résout
En plaisirs bas, honnis des Aristarques ;
L'esprit, le goût, sont de droit oligarques.
Vous qui goûtez et qui pensez, debout !

Formez-le donc, ce corps, qui scrute et juge ;
Où l'art, le goût, aient enfin leur refuge ;
Où du vulgaire on se raille entre soi.

Ce milieu-là, de quel nom qu'il se nomme,
A fait dans Londre, et dans Athène, à Rome,
Et dans Paris, aux grands siècles, la loi.

PENSEURS, A LA RESCOUSSE

Sus, gens d'esprit ! — Qu'on se porte en phalange.
Tout quart de siècle a ses flux, ses remous.
Du crétinisme on baisa les genoux ;
Mais vingt-cinq ans font peau neuve ; et tout change.

L'âme ouvre l'aile ; et l'esprit vient chez nous
Des instincts bruts nous extirper le lange.
Après vingt ans d'abjection, c'est l'Ange
Du beau, des arts qui surgit ; — dressez-vous ! —

C'est Dieu qui clot l'abjecte période,
Où l'on allait, teint d'absinthe et d'iode,
Sur les trottoirs, jupe et poitrail au vent.

Des histrions la boutique à spectacle
Aux vrais Penseurs ne mettra plus d'obstacle ;
Paris sera ce qu'il était avant. —

SHAKSPEARE

*S*hakſpeare, du thèâtre eſt-il pas le Meſſie ?
  Il fit plus à lui ſeul que n'ont fait et ne font
Tant d'autres, que ſon vol a dépaſſés d'un bond.
O William ! ton œuvre entière eſt réuſſie.

Là, depuis l'épiderme, au muſcle, à l'os profond,
Le corps du monde ſ'ouvre, et béant ſous la ſcie,
— A travers l'enveloppe au ſcalpel amincie, —
Le diſſèqueur indique où l'homme et choſes vont.

A cent pieds ſur Schiller, plus vaſte que Corneille ;
Sous ſon puiſſant archet, tout l'univers ſ'éveille,
Légendaire ; — ou réel ; — ou noble ; — ou trivial.

Comme à Dieu, rien pour lui n'eſt ni bas, ni ſublime,
Sur l'étau, de ſa forge, il donne un coup de lime,
L'homme en ſort au haſard laid, beau, gueux ou royal.

MICHEL-ANGE ET SON MOÏSE

oyez ce bloc! front de bouc, œil de faune;
Il nous regarde inculte, âpre et cornu.
Telle qu'un flot roule, sur son bras nu,
La barbe longue, épaisse, au reflet jaune.

Il est assis, le Voyant, sur son trône;
L'œil devant lui plongé dans l'inconnu. —
Le temps qu'il sonde est-il déjà venu?
Interrogez Ninive et Babylone... —

Mais quel vent passe à ses rudes cheveux,
Et quel frisson dans ses muscles nerveux,
Ou dans son pied aux sandales de chèvre?

La vieille Rome est encor dans ce Juif;
Il porte au front la Louve prise au vif;
Et Michel-Ange est inscrit sur sa lèvre.

RAPHAËL

Ils font du globe un billot, une enclume ;
   Ce n'est que forge et que coups de marteau.
O Raphaël ! ouvre-nous ton manteau,
Où, près du cœur, un autre feu s'allume.

Un autre feu, — Sanzio ! — te consume ;
Et dans ton œil, ô peintre ! l'art, le beau,
Se réfléchit comme un ciel bleu dans l'eau ;
Rome ! un grand siècle est là qui se résume. —

Au vieux Pégase, ils ont rogné la plume :
Ils font du globe un billot, une enclume,
Un alambic ! — à filtrer du réel !... —

Mais qu'à la Ville éternelle on dénie
Ce qui fait l'homme et le Dieu ! — Le génie !
Allez, dirai-je, allez voir Raphaël... —

RONSARD

Le dieu Ronfard, qui dormait dans fa foffe,
     En eft forti plus célefte et plus grand ;
Son fceptre d'or, la France le lui rend ;
La gloire aux yeux des peuples le rehauffe ;

Et des Boileau l'immortalité fauffe
A, Dieu merci, baiffé de bien des crans ;
Et du vieux Pinde on a vu les Tyrans
Tels que Malherbe, en plume et haut-de-chauffe,

Se divertir et fe guinder moins haut.
Le dieu Ronfard fur ces faux dieux prévaut ;
Son pur génie éclate à tous les mondes.

De fon fanal il y répand les ondes ;
Nous palpitons à fes clartés fécondes ;
Notre grand homme a dit fon dernier mot.

BYRON

Byron eſt l'homme où l'infini deſcend ;
    Où l'Allemagne imprima ſon génie ;
Mais plus viril de relief, d'ironie ;
Auſſi fantaſque et plus éblouiſſant.

Où le railleur maſque tout ce qu'il ſent,
Puis nous l'épanche en fleuves d'harmonie.
Brume au Spitzberg, ciel roſe en Ionie,
Partout fier, mâle et beau dans ſon accent.

Il ſouffre et pleure alors que plus il raille ;
Croit, aime, alors qu'il hait plus et maudit.
— Géant, debout campé ſur ſa muraille,

Trop haut pour l'homme, il l'a vu trop petit ;
D'où lui vient deuil, dégoût, ſpleen qui l'affecte. —
L'Aigle, au grand vol, a meſuré l'Inſecte.

LAMARTINE

Quand Ifraël en Égypte exilé
Y perd fa langue, et fon Arche, et fes Pfaumes,
Ofiris met devant eux fes fantômes ;
Et le Prophète ? Il n'en eft plus parlé.

Ainfi de toi, l'Homme au luth révélé,
Qui de l'Éden reflétas les atomes ;
L'herbe, le lierre ont envahi tes dômes...
Et le Prophète ? Il n'en eft plus parlé.

En France, où l'âme eft en pleine agonie,
A ces cœurs morts que peut ton harmonie ?
— Les premiers vers font les tiens que j'ai lus. —

Un plus haut vol porte au ciel ton génie ;
De plus bas, ceux dont l'inftinct te renie
Voient ta grande aile, et ne l'embraffent plus.

LAMARTINE

Chantre limpide, au bord du lac rêveur,
La Poésie en toi s'est révélée;
Oui! de ton sein l'Aigle a pris sa volée,
Et nos enfants t'ont nommé le Sauveur.

Tu nous a dit les bruits de la vallée,
De l'eau, des bois, les parfums, la faveur;
Tu nous a dit l'Hymne plein de ferveur
De l'âme en Dieu perdue et consolée.

Puis, au Forum, héroïque Tribun!
Tu t'es voué pour le salut commun;
Oubliais-tu que la plèbe est ingrate?

Non; tu savais comme a fini Socrate;
Et des vertus ce contre-coup fatal
Pose un grand homme à son vrai piédestal.

VICTOR HUGU

Tu vois de ton feuil, maître, au cap du Finiflère,
    Le flux fourdre et blanchir. — Là, le Barde autrefois,
Ce farouche fongeur de la fource et des bois,
Qui, du chêne au menhir, vécut fa vie auflère,

Venait de l'Océan interroger les voix. —
Ainfi le front penché fur l'éternel cratère,
Aigle, ton œil au loin interroge une terre,
La France, où ton grand luth a fonné fous tes doigts.

Sais-tu d'où vient qu'à l'œuvre éminente on f'infurge ?
Le Tribun exilé ! c'eft peu. — Le Dramaturge,
C'eft tout. Et dans Byfance, on en profcrit le jeu.

C'eft qu'au Grand-Turc il plaît qu'on y gèle et croupiffe;
Et que ton Drame altier ferait le vent propice
Pour y fondre la neige, y rallumer le feu.

ALFRED DE MUSSET

Séraphin blond, mais ayant queue et griffe,
Je suis Rolla, j'ai sublimé Catin.
Des grogs du soir ivre encor le matin,
J'ai sur mon siècle enté mon logogriphe.

Les Jouisseurs m'ont nommé leur pontife.
J'ai le vers net, railleur et libertin ;
J'y fais grouiller le Dante et l'Arétin ;
Messieurs ! ma muse au goût du jour s'attife.

Aussi les vieux, les jeunes me liront ;
Même la vierge, à qui je ceins le front
D'un lys blanc !... comme un camélia rouge. —

Quand au caveau j'irai, d'où l'on ne bouge,
Dites : « Ci-gît, qui fut de l'Institut ;
Et, per Bacco ! dès qu'il en fut se tut. »

RÉPARATION

Non ; — j'ai médit, Poète ! et m'en accuse ;
J'ai pu faillir, ivre de mon humour.
J'ai méconnu ce cri du cœur, l'amour,
L'homme idéal. — Musset ! prends mon excuse.

— Notre exalté Chatterton eut son tour.
Il s'est tué, lui, la gloire, — et sa Muse. —
Ève, à son deuil, Ève !... oublie et s'amuse.
Lui ! pleura seul ; — seul jusqu'au dernier jour !

Il meurt !... rival des noms les plus célèbres :
Hugo, Schiller, Lamartine et Byron. —
— France !... debout, et sonne du clairon.

Musset ! tes Nuits, dans leurs clartés funèbres ;
Ta chanson, folle en sa triste gaîté,
Ont d'un grand mort fait l'immortalité.

ALFRED DE MUSSET

Homme tout plein d'énigme et de myſtère ;
Gaulois au fond, vrai fils de Rabelais,
Les mots ſcabreux, qui n'en ſont pas plus laids,
Te ſont jaillis comme d'un gai cratère.

Puis d'un amour le miaſme délétère
Vint tout changer ; Young, le ſpectre anglais,
N'eſt pas plus fauve, Alfred : et tu me plais
Quand de tes nuits tu fais blanchir la terre.

Jeune vieillard, blanc comme elle et mûri,
La grandeur ſort de ton cœur défleuri ;
Tu le diſais : — « Avoir pleuré me reſte. »

Homme tout plein d'énigme et de beauté,
Dans tes douleurs fut ton immenſité ;
Chez toi l'amour — maudit — eut ſon Oreſte. —

THÉOPHILE GAUTHIER

De l'Idéal amant robuſte,
    Poète aux priſmes éclatants,
Pour toi, le fils d'un autre temps,
Notre âge eſt le lit de Procuſte.

Il fallait à ton large buſte
Le laticlave aux plis flottants,
De Tibur l'air chaud, le printemps,
Et Rome, et le ſiècle d'Auguſte.

Il te fallait, Barde athénien,
Drames et chœurs de l'Acropole;
Des chants ſur le mode ionien.

Ce monde ſublime et païen,
Qui n'avait qu'une métropole,
T'eût donné droit de citoyen.

ALFRED DE VIGNY

J'aime ton Ange au front pudique et doux;
 J'aime Eloa; j'applaudis son choriste...
Et Chatterton auffi, l'amoureux trifte,
Dont tu nous peins les chaftes rendez-vous;

Pourtant le Quakre eft mauvais catéchifte;
Je t'aime mieux nous traçant à grands coups
Le beau Cinq-Mars, et ce Tigre jaloux,
Ce cardinal, qui le guette à la pifte.

Pour Othello, que tu nous as traduit,
Dans cet enfer, quel démon t'a conduit?
Du grand Shakfpeare en paix dort la merveille.

Aux hommes Dieux quand on heurte, on fe nuit.
Comme à la lime, où mordait la couleuvre,
Des dents, de l'ongle, on fe brife au chef-d'œuvre.

GOËTHE

 oëthe à Weimar tranſporta Londre.
    Ce Tudeſque! eſt un vrai Saxon ;
Gaulois en outre; à la façon
De Rabelais, né pour bien tondre.

Jeune, il fut gai, brillant garçon ;
Plein d'œufs très-beaux, qu'il a ſu pondre.
Quant au Fauſt, ſ'il eſt hypocondre,
Méphiſto fringant tient l'arçon.

Ce haut Penſeur fait nargue au Drame.
La haute idée ou l'épigramme
L'empoignent mieux que fils ou trucs.

Ce fut le Dieu des Archiducs.
Quant aux Routiers du populaire,
Il n'eut onc ſouci de leur plaire.

DEUX AMES JUMELLES

J'en connais deux : — lui, moi, — qui se ressemblent,
— Deux esprits francs, deux champions d'honneur,
Qui dans l'idée ont la foi, le bonheur ; —
Sur ce terrain, leurs pieds jamais ne tremblent.

Rêver, jouir, croire, aimer ! — à ce but,
Eux, les lutteurs, issus de même souche,
Vont côte à côte. Ils vont de cœur, de bouche
S'encourageant, aux arts payant tribut.

Dieu ! — La pensée ! — En dehors rien ne compte ;
L'œuvre est en eux où l'Idéal les monte ;
Hors l'Idéal, ceux-là, rien ne les prend.

Leur ligne est droite ; aucun choc ne la courbe ;
Hors l'Idéal, qu'est l'art ? — Un feu de tourbe ;
L'art se renie, et déchoit de son rang. —

AUGUSTE BARBIER

uand le Cynique
De son cuvier
Fit un clavier
Plus qu'ironique ;

Vrai pamphletier,
Franche moustique,
Il fut caustique :
C'est le métier !

Juvenal, Perse,
Votre urne verse
Un flot d'airain ;

Né sur leur tige,
Barbier fustige
Du même train.

BRISEUX.

Oui, tes chants ont dit vrai : — « Les bruyères font belles,
Nos yeux s'ouvrent plus grands aux aspects du Pays ; »
Aux jeunes souvenirs nos cœurs épanouis
Sur la lande et les prés ont des battements d'ailes.

« Hêtres, pins murmurants, fleurs d'or ! et cascatelles
Du petit ruisseau clair, chantez, spectres amis !
Aux troncs d'if et de saule où grimpent les fourmis,
J'ai gravé de ma serpe un nom sur ces dentelles.

Là, j'ai pris sous le thym un grillon qui dormait ;
Ici, monte un sentier que mon enfance aimait. »
Je comprends ton amour de vallon, de prairie.

Barde, j'aime ces chants que ton cœur nous créa.
J'eus comme toi le pont, l'eau bleue, une Marie,
Un clocher du hameau : « Salut, cher Lo'-théa ! »

CHATEAUBRIAND

Sur ton cap, au Dolmen, es-tu bien couché, Barde ?
Sur ton cap, le vent souffle et la vague mugit.
Ciel noir ; — noir de tempête et que l'éclair rougit, —
Là veille ton génie, et du bloc nous regarde.

Des Rapsodes, chanteur qui tenais l'avant-garde,
Goëland ! ton coup d'aile étonnait le granit ;
Et depuis qu'avec Dieu tu pris place au Zénith,
D'en haut, que t'a semblé notre époque bâtarde ?

Tu vis notre misère, et ton front se voila... —
Mieux vaut la forêt vierge, où Chactas, Atala,
Font d'amour résonner l'orgue des solitudes.

Frissonnements du cœur, chants sacrés, doux préludes,
Du fleuve eau qui frémit, vent qui pleure aux paludes,
Lacs bleus, vertes forêts ! les bruits du ciel sont là !...

GEORGES SAND

Qu'eſpères-tu, George Sand ? L'Auréole
     Te ceint la tempe ; on t'aime, on t'applaudit.
Mais ce n'eſt point le théâtre où grandit
Ton vol, Abeille ! où de ton alvéole

Le meilleur ſuc découle et ſe produit ;
Et, prends-y garde ! au Public on t'immole.
Des Juifs, qui ſont de la nouvelle école,
Tirent ſur toi leurs lettres de crédit.

Aux Inconnus ils tiennent porte cloſe ;
Dans leur orcheſtre, il faut ſur toute choſe
Fifre, tam-tam, la ſpéculation.

Ils veulent, — pour que la ſubvention
A pleines mains leur rentre dans la poche, —
Qu'un nom tout fait tinte pour eux la cloche.

JULES JANIN

ieur de la vieille fouche,
    Plume au bec de diamant,
De la Mufe vieil amant,
Pour lequel point n'eft farouche.

Janin, ris à pleine bouche !
Horace, écrivain charmant,
Avec toi caufe gaîment,
Et de fon ftylet te touche.

C'eft le tréfor de tes nuits,
Et le foir tu le traduis,
Et dans le jour tu l'imites.

O le plus gai des Ermites,
Le plus ouvert des Reclus,
Ris, Janin... on ne rit plus.

VICTOR COUSIN

Alors, on cultivait pour la ruche commune
Art, fentiment, idée; — une jeuneffe, alors,
Comme Dieu ne la fait fourdre qu'aux fiècles forts,
Allait de Platon ceindre, affaillir la tribune.

Grande et haute marée! où, debout fur la dune,
Le maître de fon verbe épanchait les tréfors,
Où, du cœur la penfée activant les refforts,
Sageffe et poéfie en lui ne faifaient qu'une.

Victor Coufin!... conquête et fruit de tes travaux,
L'Idée et le Principe, en ces jeunes cerveaux,
Formèrent avec l'art une triple alliance.

Le bien, le vrai, le beau fut dans leur confcience;
L'aigle germa dans l'œuf comme au cep le raifin :
Hugo, Muffet, Vigny, font nés de toi, Coufin.

DE SAINT-VICTOR

oète, au jour le jour,
    Éparpillant, tes glanes
Au siècle, tu profanes
Ton souffle et ton amour.

Tes ailes diaphanes
Vont au divin séjour,
Et tes pieds font le tour
De nos âpres savanes.

Toi, l'homme original,
Aux steppes du journal
Tu consumes tes forces.

Aigle, suis le castor
Qui ronge des écorces :
Notre âge est l'âge d'or.

A ÉDOUARD TURQUETY
EXCELLENT BIBLIOPHILE ET MEILLEUR POÈTE

att et ſa cuve ont uſurpé le monde;
  De leur fumée ils barbouillent le ciel,
Les intérêts, ce flux torrentiel,
Ont encraſſé notre machine ronde.

Le dur cyclope, au champ induſtriel,
Sème le cuivre, et ſa faux nous émonde.
Son monitor de bave noircit l'onde,
Et juſqu'en l'air aſphyxie Ariel.

Ami Poète, il n'eſt plus que les tombes
Qui du Paſſé gardent les catacombes,
Où notre culte a caché ſes autels.

Fuyons ſous terre; allumons-y nos torches.
Là, notre égliſe élèvera ſes porches,
Dernier refuge aux inſtincts immortels.

A PROSPER BLANCHEMAIN

Jean Lafontaine eut pour maître Ronſard.
Corneille auſſi ; la langue de Molière
En a reçu, nerveuſe ou familière,
Le vrai Gaulois, plein de franchiſe et d'art.

Ronſard ! — eſt l'arbre où ſe nourrit le lierre !...
J'en ſais qui, pleins de ſa ſève, plus tard
De ſon vieux tronc ſe firent un rempart,
Et l'ont cru mort, couché dans la pouſſière !

Mais le grand chêne a toujours reverdi.
Chaque rameau qu'on veut plier, ſe cabre
Et pointe au ciel, lumineux candélabre.

Vous, de Ronſard ſcoliaſte hardi,
Laiſſez crier Boileau, ce lourd Pangloſſe,
Et tout entier rendez-nous le coloſſe.

A FRANÇOIS COPPÉE

SUR SON SONNET A RONSARD

Coppée, à quel burin cisèles-tu la rime ?
Ce fin joyau, Poète, est du Benvenuto.
L'enclume a bien rendu sous le choc du marteau.
L'arme est digne du nom qui sur l'acier s'imprime :

« Ronsard! » — Jeune armurier, rattache ton marteau ;
L'Apprenti comme toi devient chef en escrime.
Sors des bancs ! Qui te laisse au soufflet te déprime.
Passe maître, on a vu ton chef-d'œuvre à l'étau.

Je ne sais quel fluide à ton métal s'accouple ;
Tes mains l'ont trempé dur ; il n'en est pas moins souple ;
D'un ciseau renaissance il fut damasquiné.

J'en ferai le fermoir de mon bouquin, vieux livre
Où l'amant de Cassandre à mes heures m'enivre ;
Vélin, que trois cents ans ont bruni, fleuronné.

BARBEY D'AUREVILLY

Barbey, dont la profe fcandée
    Se module au rhythme du vers;
Toujours un et toujours divers,
Jette au grand moule ton idée.

L'Athéifme, l'âme ridée,
Met fa ride fur l'univers.
Refoule aux neuf lacs des Enfers
L'Hydre, et fa fange débordée.

Depuis qu'elle a rompu fon ban,
L'Homme, rival de Caliban,
D'inftincts groffiers peuple fon antre.

Toi, comme l'Aigle, Efprit altier;
Vis feul; et feul monte au fentier
Où Dieu, près de lui, te concentre.

A UN POÈTE OCTOGÉNAIRE

On dit qu'un Océan est aux glaciers du pôle,
    Oasis printanière ; et qu'autour, les frimats
D'épaisse neige, ont beau déchaîner les amas,
La rose de Noël y fleurit sous le saule.

On dit que Dieu se joue en ces âpres climats,
Où le pingoin, la mouette ont leur nid sur le môle,
A réchauffer la terre, à lui couvrir l'épaule
De fleurs, de diamants, guipures et damas.

Ainsi vous, gai rimeur, poète octogénaire,
Aux givres de la vie, où le cœur, d'ordinaire,
Ressemble aux rocs glacés d'avalanches couverts ;

Vous avez ce printemps qui vous germe dans l'âme,
L'immuable jeunesse où votre esprit s'enflamme,
Votre bois de laurier, qui se rit des hivers.

AU BIBLIOMANE
PROSPER BLANCHEMAIN

haque jour, Frère! tes rayons
S'emplissent de moissons nouvelles ;
Aux casiers montent leurs javelles,
Comme le blé, l'orge aux sillons.

Des joyaux que tu nous recèles,
Un, le plus beau que nous ayons,
Comme à leur nid, les alcyons,
Dort renfermé sous ses deux ailes.

Mais à ton approche, on dirait
Que le sommeilleur, moins distrait,
A le mettre au jour te convie.

L'homme, dont Ronsard fut la vie,
Impunément n'est point venu :
Pour fils, Ronsard t'a reconnu !

L'ÉDITEUR DE RONSARD

A PROSPER BLANCHEMAIN

Un bouquin gît fous ton vitrail;
  C'eſt le phœnix de ton eſcadre;
Du vélin tout doré l'encadre,
Aux mols reflets d'ombre et d'émail.

Ses majuſcules de corail
  Ne ſont pas d'un imprimeur ladre;
Du vélin tout doré l'encadre;
Mais plus riche de ton travail

Par toi l'Enchanteur ſe réveille;
De ſa grande harpe aux fils d'or,
Par toi le monde s'émerveille.

Des Aigles du temps le condor
A ceux d'aujourd'hui vient encor
Ravir le cœur, l'âme et l'oreille.

DERNIERS AMIS

Rêveur ! je vis de rien, d'une pastèque.
 Et, que le sort me pousse à contre-sens,
J'ai des amis âgés de trois cents ans,
De vrais Amis... dans ma bibliothèque.

Console-moi, vieux stoïque ; Sénèque !
Ta raison ferme a des cris bienfaisants ;
Montaigne aussi le mot brusque, où je sens
Le penseur vrai ; la main, l'œil qui dissèque.

Et vous, Ronsard ! vous, Jodelle, Baïf,
Chers, entre tous ; — du Bellay, moins naïf,
Où de Brébeuf l'accent fier déjà pointe.

Seul, près de l'âtre, avec vous je m'accointe.
Et, que le deuil me jette aux yeux de l'eau !
Venez, Baïf, Ronsard, Remy Belleau !... —

LA PLÉIADE

Les sept rimeurs, le vieux Dorat en tête,
  Sont de pied ferme entrés dans les tournois.
Remy Belleau portait flûte et hautbois ;
Jodelle un jour fut le Pan de la fête.

Bref, du tragique un bouc fut le pavois ;
Baïf de pampre a guirlandé la bête ;
Le vieux Pontus, tout fier de la conquête,
Près de Ronfard chantait l'Hymne à deux voix,

Près de Ronfard, chef, Dieu, Roi du cénacle ! —
Ivre d'orgueil, le maître, à ce spectacle,
Crut que Sophocle était ressuscité.

Du Bellay seul, absent, geignait à Rome.
Mais la pléiade en son toast l'a porté ;
Et de Jodelle on a fait un grand homme.

ANTOINE DE BAÏF

alut, Baïf! vieux polisseur de rimes,
  Bouc amoureux des Muses, vrai Gaulois,
Cherche le style et du mètre les lois ;
Déblaie à coups de pioches et de limes.

Le bloc meulier use ton cœur, tes doigts ;
Tourne, Ixion ! avec lui sur les cimes.
Va ! de ce choc ont rejailli tes Mimes
Où d'un stoïque on sent l'âme et la voix.

Quoi qu'en aient dit Despréaux ou Malherbe,
De bons épis mûrissaient dans ta gerbe ;
On y voit l'homme au malheur retrempé.

Vieux sage, mets ta sagesse en proverbe ;
A ton endroit plus d'un rimeur acerbe
N'a point le vers plus net ni mieux trempé.

PONTUS DE TYARD

ontus, dans ſa bibliothèque,
 Poète vécut et ſavant.
Un bel Ange y venait ſouvent
Parler, ſourire au bon Évêque.

Le colloque eſt tendre, émouvant ;
Platon diſcute avec Sénèque.
En ſonnets, on rime, on diſſèque
L'amour plus ſubtil que le vent.

Au fond du château calme et ſombre,
La Dame hantait le Prélat,
Lequel eut rendez-vous ſans nombre.

Mais, Puritains, qui par état
Grondez !... ne faites point d'éclat :
Cette Uranie !... était une Ombre.

REMY BELLEAU

D'avril le merle et des Bergers l'étoile;
Moins que Ronfard nerveux, mais plus naïf;
Il taille un groupe auſſi nu que Baïf,
Et de Toinon écarquille le voile.

Elle eſt au bain; — Janot, d'un œil furtif,
La guette aux plis de l'onde et de la toile.
Pauvre Janot, dans les os, dans la moelle,
Un feu lui court; feu qui le pointe au vif.

Lors! tout Rimeur, au grand maître Pétrarque,
Comme l'aimant au nord, réglait ſa barque.
De ce faux or auſſi voulut briller;

Mais Une, avec « ſa langue couleuvrine, »
Du dard lui met la pointe en la poitrine,
Dont Amour vrai chez lui vint gréſiller.

JOACHIM DU BELLAY

France! il s'était nourri du lait de ta mamelle;
   Puis il fut en exil maudire le Deſtin.
A Rome, du Bellay, cloué ſur l'Aventin,
France! en d'amers regrets te pourſuit, te rappelle.

« J'aime plus, diſait-il, l'arche où vécut ma Belle;
Plus mon petit Lyré que le mont Palatin,
Plus mon Loyre gaulois que le Tybre latin. »
Mais ſon génie alors mieux trempé ſe révèle.

Michel-Ange a verſé de ſon ſouffle au Rimeur;
Il fut du grand Corneille une aube, une primeur :
« Ces murs, écrivait-il, ſont ce que Rome on nomme;

Murs ruinés, en proie au temps que tout conſomme;
Mais ſi Rome de Rome eſt le ſeul monument,
Ce que Rome a vaincu, c'eſt Rome uniquement. »

JODELLE, SIEUR DU LIMODIN

Du temps que gens de clergé, de baſoche,
Jouaient Sottie et Myſtère en public,
Jodelle vint qui, du génie anticq
Le chevalier fut, ſans peur ni reproche.

Au vieux collége, — oyez ! — tinte la cloche ;
Et Cléopâtre y plore en *ſtyle* épicq
Antoine, — ayant au ſein mordu l'aſpic.
Vinrent Didon, Énée au cœur de roche.

Chantèrent lors : Te Deum laudamus,
Les Muretus, Auratus et Ramus,
Grands chercheurs d'or du Tibre et du Paſtole.

Ces gens-là, grec et latin travaillaient ;
Au-devant d'eux, chœurs et Drame éveillaient
Tous les grands morts du Pnyx, du Capitole.

AURATUS POETA REGIUS

Qu'une syllabe est par toi bien soudée,
Rimeur royal ! Tu fais latin ou grec,
Voire français. Polis ton marteau sec,
Couds à ton verbe hexamètre et spondée.

Beaucoup de verbe, Auratus, peu d'idée !...
Tes rimes font un monceau de varec :
Des fils nombreux, mais durs, et rien avec,
Fleur née au sable et du vent corrodée.

Pourtant un jour tes Algues ont pris feu :
Quand Marguerite est morte, et qu'au ciel bleu
Tu vis un char l'emporter sur son aile.

— « Reine ! as-tu dit, vole et monte vers Dieu !... »
Ce fut d'en haut la foudre, l'étincelle ;
Et dans ta strophe un souffle ardent ruisselle. —

VILLON

De notre mine
        Premier filon ;
Viens là, Villon,
D'allègre mine ! —

Merle ou grillon,
Que la faim mine,
Sur ta vermine
Drape un haillon.

Aux franches lippes,
Gueux ! vends tes nippes ;
Car pour de l'or

Tu t'es fait prendre. —
Gueux ! ris encor...
On va te pendre ! —

MAROT

nacréon. tient la coupe ; une vafque
  Où gliſſe au bord roſe et pampre. — Et je vois
Qu'il a d'un Bouc les traits, ſinon la voix :
Jeu de nature, où Dieu met du fantaſque.

Salut, Marot ! — l'Anacréon gaulois ! —
Bouc, ton génie eſt empreint ſur ton maſque.
Deſporte auſſi, quoiqu'un peu vide et flaſque,
Eut l'œil, le nez de ce brouteur des bois.

Oui ! les rieurs naiſſent fils de la chèvre ;
Marot en a le front, le pli de lèvre ;
Ce chaud Rimeur porte en lui du Sylvain.

Marguerite et... Diane : brune et blonde,
Avaient ſenti qu'à travers ſa faconde,
Pan, le dieu-chèvre, enflammait l'Écrivain.

LA MARGUERITE DES PRINCESSES

Fleur de Navarre, aux monts Pyrénéens,
Dès qu'en avril tu cherches le soleil,
Tu donnes, Reine! aux amoureux l'éveil ;
Sapho te chante aux bois Élyséens ;

Luther te montre à ses Nazaréens ;
Marot te trouve un esprit sans pareil ;
François premier, qui de toi prend conseil,
Ouvre aux savants ses bras herculéens.

Tes charmants vers ne sont pas sans mérites ;
J'ai ton Recueil, Perle des Marguerites :
Style brillant, pointes fines et promptes.

On y sent l'œil qui voit, pénètre, observe.
Chanson ou farce, on y goûte la verve,
Le sel gaulois ;... mais j'aime mieux les contes.

MARIE STUART

ucun Lys n'eſt ſans larme, aucun blé ſans ivraie.
　　Ton cœur ſentit du moins; tendre il aura battu;
Ta rivale avec toi lutte, pauvre fétu;
Pour elle ta beauté, ton charme eſt une plaie.

Coupable ou non, Marie! O femme!... femme vraie;
Paſſion ou caprice; amour! — vice ou vertu;
Quand ſ'inclina ton col ſous la hache abattu,
Le nom d'Éliſabeth fut traîné ſur la claie.

Reine d'Écoſſe, aimant luxe, poéſie, art...
Puis, dans la tour de Londre enfermée... Au rempart,
Dans la brume, où tes yeux allaient-ils, Priſonnière?

Que cherchais-tu? La France. A ton heure dernière,
Tu te ſouvins d'Amboiſe; et, dans ton aumônière,
Dernier ami, tu pris ton Poète... Ronſard.

DIANE DE POITIERS

Le château d'Anet fut l'Église
   Du Dieu d'Amour; — rofe et lilas
Pleins de foupirs;... bals et galas
N'ont rien dont je me fcandalife.

Nos yeux encor fuivent vos pas,
Ducheffe! On vous idéalife.
La beauté vous immortalife;
Vous aimiez!... N'en rougiffez pas.

Diane, où que ton fpectre dorme,
Pour toi, l'Éden fut ici-bas,
Créé par Philibert Delorme.

Éros fe nichait dans ton parc;
Et Jean Goujon, Dieu de la forme,
Du dieu d'Amour façonnait l'arc. —

POUR LE RIMEUR INCONNU

QUI A ÉCRIT DES VERS SUR UN VOLUME

AYANT APPARTENU A DIANE DE POITIERS

La langue aux poiffons eft difcrète ;
　　Et Vénus, naiffant de la mer,
Prouve que, dans l'onde ou dans l'air,
L'amour veut filence et retraite.

— « Diane ! qu'était ce Poète ?
Roi, chevalier, laïqué ou clerc,
Et qui peut-être, aux bords du Cher,
Errait, dans fa douleur muette ? »

A Chenonceau frémit toujours,
Ducheffe ! aux vieux piliers des tours,
La vague où ton ombre fe mire ;

Et dont l'eau promène en fon cours
Ce chant d'amoureux qui foupire :
« Il me faut plus penfer que dire ! »

ÉTIENNE DOLET, D'ORLÉANS

Non ! plus n'effaie à me férir le derme,
     Vénus !... mon cœur, trop mièvre à tes infinfts,
Perdait l'amour de mes Grecs, mes latins !
Je l'y ramène ; et pour toi je le ferme.

« Sus ! et va-t-en, Déeffe molle, inerme !
J'en aime une autre, aux jeux mâles, certains,
Qui plus doux font que tes jeux libertins :
L'Étude... où Dieu mit du favoir le germe. »

Puis, au gibet fur le chariot noir,
Quand fut conduit Dolet, cette grande âme
Difait, plus haut que bûcher, peuple et flamme :

— « Si les mondains fur la chair ont pouvoir,
Sur vous, Efprit, rien ne peuvent avoir.
L'œil, l'œil au ciel ! faites votre debvoir. »

REGNIER

L e flot du gave, à travers les pics roule,
   Joyeux et libre; — ainsi, gai, libre et fort,
Regnier n'a point d'eau qui stagne et s'endort;
Son vers chantait comme l'oiseau roucoule.

Quand son cours d'eau voit Paris poindre au bord,
Il saute, vert de glaïeul, blanc de houle.
Que cherche-t-il ? les Rois, les cours, la foule ?
Non, ni Forum, ni Louvre n'est son port.

Sur la montagne, il veut l'air, le ciel, l'ombre.
Quant à lécher des marbres d'antichambre,
Où dans un parc se morfondre en jet d'eau...

Non ! foin du luxe. — Il vécut de disette. —
Mieux il aimait, au chenil de Macette,
Lever le coude... ou baisser le rideau.

20

RABELAIS

Ton rire, Fou ! dilate, étonne et purge.
Railleur dantesque, homérique, bouffon,
Ils sont éclos de ton cerveau profond ;
Ribleurs, hableurs, Pentagruel, Panurge.

En France on est devenu prude : au fond
Cuistre ou dévot, ou la vertu s'insurge.
Alambiqueurs en morale, en liturge,
Disent beaucoup ; beaucoup-plus qu'ils ne font.

Damné le quakre, ô maître ! qui t'énerve.
Né dans la vigne, où tu puisais ta verve,
J'ai vu la Loire entre Orléans et Blois.

De Grand-Gousier Chinon vit les exploits.
Mais autre il vit — l'exemple au moins nous serve ! —
L'esprit, le rire et la verve ! — un Gaulois. —

MONSIEUR MALHERBE

Quand Monsieur Malherbe
Nous prit, nous tondit,
Le gaulois perdit
L'éclat de son verbe.

Tout ce qui fleurit,
Épluché, comme herbe
Nuisible à la gerbe,
Sous la faux périt.

Aux buissons d'épines
Sont les églantines
Plus belles sans art.

Peste soit du cuistre
Dont le bec sinistre
Dépeçait Ronsard !

LE DE PROFUNDIS

D'UN RONSARDIEN

O mon vieux Rabelais, brute et fine harangue,
Qu'ont-ils fait du bois vierge, élaguant au hafard ?
Qu'ont-ils fait d'Amyot, de Lorris, de Ronfard ?
De ce libre clavier, de cette verte langue ?

L'or natif épuré, foi-difant, de fa gangue,
Fut à coups de marteau limé, tronqué fans art.
Le fuperbe étalon où chevauchait Froiffard,
Des mains de ces barbiers fortit perclus, exfangue.

Comme au pré doux fleurant de pouliot, de thym,
Le vieux Celte avait pris, du grec et du latin,
Un arôme de pampre et de fève robufte.

Le mot y verdoyait plantureux et naïf... —
Ces bons Horticulteurs de chêne l'ont fait if ;
De faule têtard ; d'orme et de platane... arbufte.

AUX HOMMES DE LETTRES

Le siècle a dit un mot : « Chacun pour foi ! »
Et nous, faifeurs de profe ou d'hexamètres,
Nous gens d'efprit, de cœur, nous gens de lettres,
D'un fiècle bête avons fubi la loi.

Dans fon terrier où chacun fe tient coi,
Mais où le vent nous tond, nous bat, nous fangle,
Le cabotin nous fouaille et nous étrangle ;
Et nous, roffés, n'ofons dire : « Pourquoi ? »

Et nous, feffés par devant, par derrière,
Du premier coup brifés dans la carrière,
Nous y mourons battus, gueux et honnis.

Notre égoïfme a perdu notre caufe.
Les Hiftrions entendent mieux la chofe :
Pour combattre, eux ! pour vaincre, ils font unis. —

ACTUALITÉS SATIRIQUES

ACTUALITÉS SATIRIQUES

VIDENTIS ANATHEMA

Race au cœur sourd, dans l'opprobre endormie,
Tyr, Babylone, entendez mes clameurs !
Ninive ! écoute, et réforme tes mœurs !
Jérusalem !... écoute Jérémie... —

Race au cœur sourd, de toi-même ennemie,
Au ciel, en terre, écoute les rumeurs ;
Dieu prend sa foudre ; éveillez-vous, dormeurs !
Purgez vos pieds du limon d'infamie !

Jérusalem, dans le crime affermie !
Moi, fils de Dieu, prophète Jérémie,
Je dis : Malheur !... brûlez Bouc et Veau d'or.

Baal ! Baal !... faites choir les statues !
Sion, au Bouc toi qui te prostitues,
Brûle l'Idole ; il en est temps encor ! —

LES TRIADES

 xifter, comprendre et fentir,
    Des néo-Platons axiome.
Là, quel que foit fiècle, idiome
Ou Peuple, tout vient aboutir.

L'Être en lui feul n'eft que fantôme ;
De fon œuf qui le fait fortir ?
L'Efprit ; — et, penfeur ou martyr,
L'âme eft l'aigle au fommet du dôme.

Je fuis, j'ai compris et je fens.
Triade. — A ces triples accents
J'ai vu fourdre et marcher mon livre.

Être, fentiment et raifon,
Embraffe l'homme et l'horizon.
Comprendre et fentir, c'eft donc vivre.

A MES JEUNES LECTEURS

Grave ou joyeux, triste, austère ou frivole,
J'aspire au bien, souvent j'ai fait le mal ;
J'ai l'homme, en moi, frère de l'animal ;
Éternel sphynx ; l'homme, éternel symbole.

Vertu !... je t'aime ; et mon chemin normal
N'est pas toujours suivant ta parabole ;
Qui me vendrait du sens pour une obole,
Et me mettrait hors du monde aromal,

Aurait grand'peine. — Un arc-en-ciel de lune
Sur mon Zénith a déteint. — La fortune,
Le vent me pousse et me heurte à l'écueil.

J'ai fait ce livre au choc amer des luttes.
Ma vie est toute en ce mince recueil :
« Qui vieillit, songe ; apprends, toi qui débutes. »

PROFATUR

Dès le berceau j'eus des combats, des doutes ;
Dans ma raison, j'ai cru dès le berceau.
J'aimais Voltaire et j'estimais Rousseau ;
Libres-penseurs, je marchais dans vos routes.

Puis les trois jours m'ont surpris jouvenceau.
Les dépaveurs m'entraînaient dans leurs joûtes.
En juin plus tard j'attaquais leurs redoutes.
Je reniai le faubourg Saint-Marceau.

Raison ! lanterne où de faux rayons luisent :
A sa clarté ceux qui fondent, détruisent.
Fulton, Calvin, Demoe ou protestant,

Du Remorqueur font sauter la soupape.
Nos bons Aïeux disaient : Croyons au Pape.
Tout bien compté, ma foi ! j'en dis autant. —

ROME — NEW-YORK — PARIS

L'art des fociétés fait le nerf ; — aux époques
D'obfcurité dans l'art, de produits équivoques,
Où l'efprit eft déchu ; dans le rouage humain,
C'eft un levier qui manque ; on rebrouffe chemin.

Je trouve ici New-York ; New-York la proteftante.
Rien pour moi n'a de charme ici ; rien ne me tente.
Rome fait vivre, aimer, fentir, comprendre ! — Ici,
Rien de grand : le trafic, le lucre eft leur fouci.

Force, audace et travail : race active, puiffante.
Mais que dit le cœur ? Rien. Mais la penfée ? Abfente.
L'Écureuil dans fa roue agité, — cahoté ! —

Va donc, machine à coudre ; homme ! tu n'es plus homme.
— Que fuis-je donc alors ? — Pifton, bête de fomme ;
Et tu fais peu d'honneur à la chrétienté. —

RÉVÉLATION

Oui, Rome est la ville éternelle.
Ombre, pour toi je fuis le jour :
Je t'apporte croyance, amour ;
Plus rien n'obscurcit ma prunelle !

Rome est ascétique et charnelle ;
Rome est esprit, forme et contour.
Du château Saint-Ange, la tour
Couve deux mondes sous son aile ;

La croix, de son arc souverain,
Presse, enlace, unit l'un à l'autre,
Le siècle héroïque et le nôtre.

Le Jupiter aux pieds d'airain,
S'il n'est plus Dieu, survit Apôtre,
Saint Pierre aimé du Pèlerin.

NIOBÉ

alut, grand marbre, où la douleur frissonne ;
  Marbre où palpite aussi forme et beauté !
Du monde ancien force, amour, volupté,
Orgue éternel où le seul beau résonne.

L'instinct vulgaire, au grand art révolté,
N'accepte-t-il ce joug qu'un Dieu nous donne ?
Joug de délice où le cœur s'abandonne,
Au seul Époux vivant l'Éternité.

Vers l'Idéal que chacun tende et vibre ;
Du néant l'être échappe, et d'un vol libre,
Remonte à Dieu comme il en est sorti.

Niobé ! Rome ! On peut à coups de flèche
Vous assaillir... Ni le club, ni le prêche
Ne verront art et cœur de leur parti. —

GENÈVE

J'ai vu Genève, où j'ai pris froid. — Son lac
Me vint épandre un air mêlé de glace.
Dans ses murs blancs un flot neigeux m'enlace ;
Le froid Calvin là pendait son hamac.

Michel Servet, dont il fut le cornac,
Connut le maître et vit le fond du sac,
Et de Calvin eut ce coup de Jarnac
Qui le fit ardre. — On m'a montré la place.

Brûler, au nom du très-libre examen !...
Genève, Espagne ici joignaient leur main. —
— Dans ces horreurs enfin Dieu nous fit trêve ;

Oublions-les. — Le soleil sur ton lac
Coule à flots d'or, tiède et riant, Genève.
— Le froid Calvin n'y pend plus son hamac.

LE TRAIN DU JOUR

Le siècle, dit-on, marche; à mon sens il patauge.
Il ressemble au bélier frappé du vertigo.
Il met Scribe au pinacle et dans l'exil Hugo;
Le Réalisme en plein se vautre dans sa bauge.

Ce bon siècle, illustré de suif et d'indigo,
Berne la poésie; à son mètre il la jauge.
Mais l'industrie a beau vider, purger son auge,
J'y vois d'un bout Rotschild, de l'autre Camargo.

Puissances de l'époque, ô la banque et le chiffre !
Où marchons-nous ? On fume, on bâille et l'on s'empiffre,
Notre cercle est le turf, le club ou le bazar...

Et, dans cette culbute où chacun dégringole,
La médiocrité suit galment sa rigole :
Ponsard fait du Corneille, Offenbach du Mozart...

L'ARRIÈRE-GARDE

Ils ſ'en vont tous ; et l'époque ignorante
Les voit ſ'éteindre ; on ne les comprend plus.
Des jours de fièvre, ils ſ'en vont les Élus ;
La grande Armée eſt de dix-huit cent trente.

Hugo, — le maître et dont les vers ſont lus ; —
D'un vieux libraire a décuplé la rente ;
Balzac... ce nom, qui porte ombre aux Quarante,
Des océans fit grandir le reflux ;

Vigny, Gautier, Muſſet et Lamartine ;
Barbier, l'Iambe où la vertu ſ'obſtine ;
Sand, le Roman, l'Idylle... — et Mérimé ; —

Et du grand corps le vieux Scribe podagre... —
Tous ces lutteurs, morts ou vifs, ſont l'Onagre
Vainqueur du cirque et du public aimé.

CEUX D'APRÈS

Pauvres Enfants, qui, venus les derniers,
Quand le rideau tombait, — fur le théâtre
Ne font entrés qu'au bal, au punch bleuâtre,
En débardeurs : — que fais-je ? — en palfreniers.

Pour eux, néant ! vides font les paniers ;
Et d'aucuns fous, de leur voix de cocâtre,
Niant, fapant, fauchant tout ! — Murs de plâtre !...
Les Rats ont peur et fuient dans vos greniers.

Tombez, ruine ! et que fur le décombre
Fleuriffe encor l'ivraie ou le concombre !
— Non !... du froment germe de ces débris ;

De ce fumier, un jeune et nouvel arbre ;
De ce plâtras, des colonnes de marbre ;
De ce bourbier, des âmes, des efprits !

CEUX D'AVANT

Bonnets à poil, flanqués d'une cocarde,
  Sous Louis-Philippe, ils tenaient le drapeau.
— Type aujourd'hui rasé jusqu'à la peau,
On le brocarde, et nazarde, et placarde.

Sieur Gorgibus monte à peine sa garde.
A l'Institut, au Cercle, à l'Entrepôt,
Bourgeoisement il écume son pot ;
Bref, on le fouaille ; il passe et ne dit mot.

Mais le pauvre homme, inutile, hongre et neutre,
Depuis qu'un sceptre au néant le calfeutre,
N'en a pas moins porté l'Arche de Dieu.

Quatre-vingt-neuf l'avait mis en haut lieu ;
Il eut cœur, âme, esprit, intellect, force.
France ! il t'aimait ; ne faites pas divorce. —

LE MONDE HERMAPHRODITE

Puisque la Poule a des plumes de Paon,
   Dites-moi, Frère! où tendent nos femelles?
Du sexe mâle elles se font jumelles;
Du Gynécée elles rompent le ban.

Au feutre, allez! taillez-vous un turban;
D'un talon d'homme exhaussez vos femelles;
Soyez Docteurs, avocats! — Les chamelles
Du Dromadaire ont envahi le clan.

Prenez la toge autrefois interdite;
Plaidez, purgez. — Le monde hermaphrodite
A vos écarts s'enivre; — on applaudit. —

Chacun vous flatte; oui, mais, quoi qu'on ait dit,
O chèvres-boucs, votre sexe est-il nôtre?
« Étant les deux, vous n'êtes l'un ni l'autre. »

LES DAMES DE 1830

Or, en ce temps, — oyez la frénésie! —
La femme aimait non pas les mieux rentés,
Mais ceux qu'esprit avait plus haut montés,
Faisant d'amour gloire, honneur, poésie.

L'âme, pour elle, entre toutes choisie,
Avait du cœur les saintes voluptés ;
La femme, — aux doigts qui sont le mieux gantés, —
N'eut point alors greffé sa fantaisie.

Fierté, du cœur, était l'hypocrisie.
Alors, la femme aux rubans, aux rébus,
Ne tendait point tout l'arc de son Phœbus.

Belle! en retour, elle exigeait des hommes
L'esprit, le charme... — Au quart-d'heure où nous sommes,
La poudre d'or et de riz... le quibus.

GUÊPES ET FRELONS

e fais venir de Moscou des Cosaques
Armés du knout et postés sur deux rangs.
Du Coin-de-Rue et du Louvre, je prends
Les gars vêtus de jupons, de casaques.

Tels que mulets, chevaux hongres, chiens braques,
Je les accouple. Allons ! petits ou grands,
Vite au chenil ; et travaillons ! — Je rends
A qui de droit, vos comptoirs, vos baraques.

Es-tu femelle ou mâle, beau Crispin,
Aunant, pliant de la moire ou du crêpe ?
Hors du rucher, le frelon et la guêpe !

Dans vos rayons, flasque et torpide essaim,
Vous engraissez !... La femme meurt de faim.
Sus ! fainéants, vous lui volez son pain ! —

LE BOURGEOIS DÉMOLISSEUR

Chaos du siècle, où chacun participe ;
    Farce où le coq est dupe ; où le Renard
Lui miaule : « Frère ! » et même au traquenard
Des citoyens du Mans l'éternel type.

« A bas, dit-il, Dieu, Christ, poésie, art ! »
Chante, Prudhomme ; et, dans ton municipe,
Seconde bien le loup qui s'émancipe ;
Glousse, coq d'Inde ; et prends l'air goguenard.

Contre toi-même, affûte le poignard ;
Des niveleurs fais-toi le Louis-Philippe ;
Et du désordre aux clubs traîne le char ;

A bas Dieu, tout. Mais Tout c'est le principe,
L'eau du grand fleuve où l'âme prend son bain ;
L'air du poumon ; le sang du cœur ; le pain.

TURBA RUIT OU RUUNT

Je te crains, Foule ; et ce qui vient de toi
Me fait trembler. Dans ton instinct je trouve
Tout ce que Dieu, le cœur, l'esprit réprouve :
Bassesse, orgueil, envie, amour de soi. —

L'or est ton culte, et l'intérêt ta loi ;
Le terre-à-terre en ton sein germe et couve.
Près du Bercail, j'ai vu rôder la Louve
Tuant la vie, et menant son convoi.

L'ordre avant tout est un ; il sort d'en haut ;
Je n'aime pas quand la Tourbe prévaut,
Et que du maître elle envahit les chambres.

Vieil Apologue et toujours vrai : la mort
Ote aux États la paix et le ressort,
Quand l'estomac est régi par les membres.

DOMINUS VOBISCUM

Et l'on nous dit : L'art s'en va ; les Dieux meurent ;
Les Dieux sont morts ! Dans sa niche blotti,
Quel Bureaucrate au cerveau rabêti
Vient ainsi braire avec des yeux qui pleurent ?

A votre joug, oui, l'art s'est aplati ;
Sots et mesquins, vos décrets nous écœurent ;
Vous nous tendez des piéges qui nous leurrent.
Les Dieux sont morts !... Non ; vous avez menti.

Le médiocre est partout qui nous juge ;
Le crétinisme est partout qui nous gruge ;
Vous le savez, et fort peu vous en chaut.

Votre officine est un lit de Procuste ;
Et dans l'étau, quiconque ne s'ajuste
Est raccourci... l'art meurt sur l'échafaud.

LA CONFÉRENCIÈRE

Matrone, à ton banc tu te guindes,
     Éternuant des mots hardis ;
Et le mâle que tu maudis,
L'expédiant aux grandes Indes.

Matrone, à ton club, les Clorindes,
L'œil, le cœur et l'âme engourdis,
Réchauffent leurs vieux sens tièdis,
De tes sermons quand tu les blindes.

Plus de bon Dieu ! c'est trop gênant ;
Plus de maris ! c'est trop jeûnant ;
Plus de maison ! c'est trop gothique.

L'Hymen librement se pratique ;
Plus d'enfants ; ayons des Petits... —
Champ libre à tous nos appétits !

L'OUVRIÈRE

Apre censeur, écoute ! — En octobre et novembre,
    Quatorze heures de jour, de nuit, j'ai travaillé ;
Et de pain sec repue, ayant cousu, veillé,
Je n'avais juste assez que pour payer ma chambre.

L'œil rouge, une sueur froide dans chaque membre
Fige mon sang ; une heure ou deux j'ai sommeillé ;
Je retourne à ma lampe, où, de mes pleurs mouillé,
Le surget craque et plisse à mes doigts jaune d'ambre.

Vint un mois de chômage, et l'Hôtelier me dit :
« Paie, ou va-t-en dehors coudre à la belle étoile. »
Au Mont-de-Piété j'avais mis de la toile ;

C'était du magasin... Il me fut interdit...
Et que faire ? Où manger, dormir ? Je pris mon voile ;
Je tremblais... Et la faim au trottoir me vendit.

UN AXIOME DE TRAPPISTE

Votre vertu, Madame, est grande. — Vos pareilles
Ont exclu de leur monde Éros. — Ha! povero!
Chassez-le donc; criez au dieu du cœur : Haro:
Au fredon des soupirs fermez bien vos oreilles.

Léandre, lui! chantait son hymne aux pieds d'Héro;
Plus tard, Anacréon l'entonnait sous les treilles.
— Jeunes ce soir... Demain, femmes! craignez que vieilles
Vous ne soyez où sont Laure, Inès de Castro. —

Votre vertu, Madame, est grande. — Lavallière
Comprenait l'art de vivre, Elle, d'autre manière;
Fontange aussi... Dieu fait les Rosiers pour fleurir;

Chaque être pour aimer. — Si vous êtes de marbre!
Le feu gèle au caillou; la fleur périt sur l'arbre;
Aimez donc, et vivez. — « Ma sœur, il faut mourir! »

LE DÉVOT AUX DÉVOTES

Dévotion n'est un défaut
Que pour celles qui n'ont point d'âme.
Vous en avez une, Madame,
Une, où la charité prévaut.

Et quant aux vertus ? Il en faut.
Grand abat-jour donne grand'flamme ;
Et bon étui fait bonne lame :
Aux Dévotes je suis Dévot... —

Grand jeûne allume friandise.
L'amour, ce furet, quoi qu'on dise,
Vrai Diable, s'infiltre partout.

Tel bois de myrthe où l'on maraude
Pousse très-bien en serre chaude ;
Et les vins clos ont meilleur goût.

LE LAMPION FAIT LA LANTERNE

Vous ! l'Ange des sept merveilles,
Ébloui de tant d'attraits,
A vous contempler j'ouvrais
Le cœur, les yeux, les oreilles.

Quel prisme, — ou quel jus de treilles, —
Me fit reluire en vos traits
Tout ce que j'y rencontrais,
De grâce et fleurs sans pareilles ?

Vous brilliez tant ! — Mais pourquoi ?
Votre soleil... c'était moi ;
Je m'éteins... Êtes-vous terne ! —

Adieu, charmes conquérants ;
Vous baissez de plusieurs crans :
« Le lampion fait la lanterne. »

LE HASCHICH

Le chanvre au nârguilhé met son feu narcotique,
Je fume, et nous rêvons de Houris, de Pacha.
Un Bouc entre au Harem du grand Turc ou du Shah.
Quant à l'Eunuque, il dort discret sous le portique. —

Vous, Maltaise à l'œil d'aigle, Indienne aux yeux de chat,
Kurde aux jambes de cerf, Grecque aux courbes antiques;
Druse et Juive au sein ferme, aux hanches granitiques,
Nubienne au reins de fer, Japonaise au nez plat;

Venez donc! — Qu'est l'amour au sculpteur comme au peintre?
Question de blanc, noir, jaune, ovale ou plein-cintre;
Une adoration synthétique du beau.

Quand la Beauté n'est pas « une, » elle est « plusieurs... toutes! »
— Du crâne le Haschich nous élargit les voûtes...
Et les femmes, mordieu! font un joli troupeau.

QUESTION DE MŒURS

Puifque rien n'eſt au monde abfolu, que faut-il ?
Minima de malis. Entre deux maux le moindre.
Si je vous fais rougir, veuillez de blanc vous oindre ;
Puis nous le débattrons, ce problème ſubtil.

Si Sganarelle au front ſe voit des rameaux poindre,
Je n'en peux mais... Cela peut gâter ſon profil ;
Qu'y faire ? Argumentons, ne perdons point le fil ;
La couture eſt mêlée et difficile à joindre.

D'ailleurs, est-ce ma cauſe ici que je défends ?
Je ſuis mûr. — Le virus attaque vos enfants,
Vos pères, vos maris ; la plaie eſt générale.

Faites l'amour du bon vieux temps, pour la morale !
Toute l'eau des égouts flue et roule à vos pas...
Bref, je conclus... Non, non, je ne conclurai pas.

24

CORINTHE

Cherches-tu l'ombre à tes vices, Corinthe ? —
Non, non, Phryné ! Vierge folle d'amour,
Ton front se pare, et tu cherches le jour,
Et les seins nus, l'œil fier, tu vas sans crainte.

Le monde entier fléchit sous ton étreinte ;
Ici l'imberbe et le chauve a son tour.
Tu ris, Bacchante ! au milieu de ta cour ;
Mourir, dit-on, mourir ; et voir Corinthe ! —

Du monde entier, Corinthe, ô lupanar !
De quels baisers tes seins nus ont l'empreinte !
Impudemment marche, et roule ton char.

Mais cette lèpre aussi prend les familles ;
Le sceau du mal est au front de nos filles ;
Et Rebecca... dit : Que ne suis-je Agar ? —

LA SIGNORA PALMA CHRISTI

Béquins, ſoldats, laids, beaux, jeunes ou vieux,
 Dès qu'on eſt mâle, il faut de gré, de force,
Qu'à ſon coup d'œil, on ſ'enlève et ſ'amorce,
Qu'on paie un quine à ſa jambe, à ſes yeux ;

Non ; pas de bronze ou métal précieux !
Le ſtriĉt honneur en reçoit une entorſe ;
Le fruit ſied bien recouvert d'une écorce :
Perle ou banknote, offrez à qui mieux mieux ;

Soyez blond, roux, Turc, Chinois, homme ou ſinge ;
Et de Hambourg, de Londre ou de Thuringe ;
Faites voir luxe ; au tapis vert gros jeu ;

Palma-Chriſti, du grand monde... équivoque...
A ſon boudoir l'œil tourné, vous provoque ;
Quant au mari, n'en diſons rien, corbleu ! —

LE CAPITAINE PHŒBUS

Vivent les officiers !... Ils font bien ce qu'ils font.
J'en sais un qui vous brusque et vous tourne en grisette,
Et qui vous dénouera votre corset, Rosette.
Nous savons de quel train ces beaux messieurs-là vont.

Naïf, je vous aimais ; vous me trompiez, coquette.
J'allais à vous, ému d'un sentiment profond,
L'âme au ciel, pour tout dire, et les yeux au plafond,
Tremblant comme une plume au fil d'une raquette.

Je rêvais d'Ange, moi ! voyant tout rose et bleu.
Phœbus vous dit : « L'amour, Rosette, c'est le jeu,
Le fruit, pomme ou citron, cueilli dans la huitaine.

Tendez, Belle, un sourcil, une épaule et le cou.
Vous êtes, Dieu me damne, un très-joli bijou ! » —
— A peine osais-je, moi ! toucher votre mitaine.

LE DIAMANT PERDU

u'eſt-ce à dire, Roſette? on bégueuliſe, on boude?
  Corbleu! mettons la guimpe et le canezou bas.
Ève, faiſant l'amour, ma mie, ôtait ſes bas;
Décolletait ſa gorge et ſon bras juſqu'au coude.

A mon cœur, il eſt temps que le vôtre ſe ſoude;
Délacez votre botte; allons! je ne ris pas.
— Vous empaquetez trop, ma chère, vos appas;
C'eſt indécent; — prenez du ſirop de conſoude,

Purgez-vous. » — Et Roſette, hélas! une heure après,
Remettant ſa bottine, en était aux regrets.
— « Non, ne regrettez rien, dit l'homme au clavier, Roſe.

Non! — Croyez qu'ici-bas rien n'eſt bon, rien ne vaut
Que ſi, dans ſa penſée, on l'a mis haut, bien haut;
Et ce que l'Officier vous prit n'eſt pas grand'choſe. »

LE SEMI-DEMI-MONDE

'amour se vend ; mais bah ! si Vénus tient comptoir,
L'Araignée en dehors travaille et tend son piége ;
Ce qui rend nos maisons aussi blanches que neige,
Sans quoi le pas de porte eût pris l'air d'un trottoir.

Druidesses d'amour, formez le saint collége ;
Pour en tenir la clef et pour s'y faire voir,
Danaé nous dirait comme il faut y pleuvoir.
Des Dames du Harem prenez ce privilége.

D'abord, en leur travail, le vôtre les allége.
Bien ! Chargez-vous du rôle, et Harem ou boudoir,
Qu'à la mode du temps Vénus tienne comptoir.

Nos Fatmés n'y voient plus honte ni sacrilége ;
Elles disent très-bien : — J'ai vingt ans ; mes appas
Sont cotés ; et je veux un Amant riche !... ou pas. —

MONSIEUR FOUÍNARD

L'œil doux et riant, le ton mièvre,
    Lutin, gnome échappé du ciel,
Vous l'abordez! il est tout miel;
De vous servir il prend la fièvre.

Il en trépigne comme un lièvre;
Il est fier, subtil, mais sans fiel;
Quoi qu'on dise, il répond : Noël!
Pour nous il irait... dans la Bièvre.

Pour qui que ce soit, minaudant,
Fouinard très-zélé, mais prudent,
Ne vous sert qu'à dose petite.

Surtout n'avancez pas trop vite.
Il a toujours au fond du sac
Quelque petit coup de Jarnac.

DÉCOREZ SGANARELLE.

eux qui, traitant Corneille en hérétique,
Ont au Gymnase emprunté sa chanson,
Décorez-les ! eux qui de la maison
Du grand Molière ont fait une boutique.

Guignol leur a recédé sa pratique ;
Leur troupe en tire un héroïque son ;
Crispin, Sofie, Alceste et Bridoison,
D'or ou d'argent méritent la toison.

Ils ont lutté pour l'art ; c'est authentique ;
Et du théâtre élargi l'horizon.
Décorez Gille, Arlequin et Suzon.

Leur banque hausse, ils bernent la critique.
Décorez-les ! eux qui de la maison
Du grand Molière ont fait une boutique.

LES PONSARDIENS

Ils ont vécu dix-huit ans sur les roses
Que ponsardait ce neveu de Pradon ;
De les ravir il eut toujours le don ;
Ce géant nain allait à leurs épaules.

Ils criaient : « Gloire au Phœnix des deux pôles ! »
Et de son dais ils tenaient le cordon ;
De ce vieux orgue ils enflaient le bourdon ;
Et leurs braiments n'en étaient que plus drôles.

Mais, chose triste et qui navre !... ces gens
Routiniers, sots, plats, inintelligents,
Qui d'un bolide ont fait une comète,

Nous toisaient tous ; et ces toiseurs voûtés,
Dans leur routine, avachis, encroûtés,
Aux Étalons font saigner la gourmette.

25

SAVONAROLE

uand fur quelqu'un tu fais tourner ta meule,
Le gré flambille; un homme eſt aplati.
Mais au preſſoir le vois-tu converti ?
De ſon péché le vois-tu repenti ?

Non ; de ce tour de roue, il eſt ſorti
Plus acariâtre, en homme de parti,
Qui, de ton feu d'artifice rôti,
Dreſſe le poil, et rend le coup de gueule.

Paul à ce truc ſoulevait les Gentils.
Marc et Matthieu, plus près de l'Évangile,
Heurtaient moins fort l'humanité fragile.

Jean de Pathmos, ſur l'Hydre au vol tranquille,
D'un monde brut ne touchait point l'argile,
N'empruntait pas aux Païens leurs outils.

LES VIEILLES MŒURS S'EN VONT

Les vieilles mœurs s'en vont; quand ils mettaient la nappe,
Nos Ancêtres chômaient entre eux Pâque et Noël,
A la fête des Rois, d'un élan mutuel,
Ils trinquaient. Ce temps-là nous fuit et nous échappe.

Vitement on dépêche un dîner, que l'on happe,
De peur qu'on ne déroge au spleen habituel;
Des repas de New-York on suit le rituel;
On mange gaîment comme... un loup dans une trappe.

O vieilles mœurs, famille; ô plaisirs du foyer!
C'est là que venaient rire, en des jours plus prospères,
Les bons Bourgeois. — Amis, faisons comme nos pères.

Laissons club, bourse, banque et tribune aboyer.
Célébrons saint Jadis, et pour le festoyer
Resserrons devant lui nos mains, nos cœurs, nos verres.

LE FLÉAU DU SIÈCLE

Qu'est aujourd'hui l'Europe ? — Club et forge,
Bourse et comptoir, flanqués d'estaminets ;
Quant au théâtre ? Un public de benêts
N'y voit plus rien que jarret, hanche et gorge.

Broutez du foin, et repaissez-vous d'orge ;
La patte en l'air, ronflez sur vos chenets ;
Buvez l'eau d'af comme des baronnets ;
Londre et New-York vont gaudir, par saint George !

Quoi qu'il en soit, regardez-y de près,
Londre a le spleen, Paris, la ville sainte, —
Le mal de mer. — Vite ! un, deux, trois congrès !

Diable ! du chancre arrêtons le progrès,
Mais la recette ? — Héroïque et succincte :
Un peu d'esprit, de cœur... et moins d'absinthe.

PARIS NEUF

ois grande, ô Lutèce ! et pour preuve,
Montre tes docks, tes boulevarts.
Sois fier, Paris ! Banque, bazars,
Morgue, se mirent dans ton fleuve.

Tes théâtres, — tes Alcazars, —
Tout est nouveau. Tu fais peau neuve.
Des parcs ; des maisons ; qu'il en pleuve !
Ce qui pleut moins, ce sont les arts.

'Peintre et sculpteur font triste mine.
Luxe, argent, pauvreté, famine.
L'ennui bâille dans vos palais. —

On y fume, on y parle... anglais. —
Il est New-York, s'il n'est pas Londre,
Le Paris qu'on vient de nous pondre.

LES CAVALIERS A ROULETTES

Je les adore autour du Luxembourg,
    Qui, sur l'asphalte, innocents quadrupèdes,
Ont le jarret pris aux vélocipèdes,
De leur charrue activant le labour.

Pied droit, pied gauche, ils cognent du tambour ;
Sur leur coccix, se guindant longs et raides ;
Et se croyant presque des Archimèdes,
Quand d'équilibre ils ont bien pris le tour.

Nos vieux Bambins font en plein four leurs frasques ;
Ces petits jeux ne sont pas drôles... — Non ! —
Lorsque la mèche est à l'œil du canon ;

Que tout au monde en subit les bourrasques,
Que les Prussiens nous diguent sur les doigts,
Notre Landwer dresse... un cheval de bois ! —

AYEZ PITIÉ

Ayez pitié; l'amour n'eſt pas un drame,
   Où dans les pleurs ſans ceſſe on geint et brame,
Bonne à cueillir il faut livrer ſon âme,
Sus au blé mûr ! la gerbe eſt au glaneur.

Dans l'à-propos gît le vrai ſens des choſes ;
Un jour de pluie a fané bien des roſes ;
Si tu peux, aime; et donne, ſi tu l'oſes;
Donne à propos : c'eſt combler le bonheur.

Même don, hors de ſon jour, de ſon heure,
Croyez-le bien, n'eſt qu'un fruit ſec, un leurre ;
Le crime en fut ni plus, ni moins commis.

Aſſurément, cela n'eſt point permis; —
Mais choir pour choir, pudeur, volupté, chute,
C'eſt perdre tout qu'éterniſer la lutte.

COLÈRE

Blonde au cœur de granit dont j'eus l'âme occupée,
Statue aux yeux d'émail; joli, mais dur bijou,
Devant vos petits pieds j'ai fléchi le genou,
Et sottement j'ai fait un Dieu d'une Poupée.

Certe! à ne point mentir, j'étais aux trois-quarts fou,
Comme un merle j'allais me prendre à la pipée.
King-Charle au grand œil bête; à la mine fripée,
En vous baisant les doigts je traînais mon licou.

J'ai trop mouillé de pleurs mes prunelles flétries.
A votre tour, Messieurs ! faites vos singeries ;
Au bout d'un fil, trottez, phalène ou hanneton.

Portez-lui votre encens, priez-la dans sa niche;
Faites votre métier d'amant ou de caniche,
Qui, rossé, battu, lèche et porte le bâton.

JOSEPH DELORME AU SÉNAT

ui, c'est bien répondu, nous ! la plume est notre arme.
Paix donc aux révolvers ; pour trancher le débat,
Que prouvent leur capsule et leur chien qui s'abat ?
Un œil de braconnier, un poignet de gendarme.

Gendarme ou braconnier n'ont que faire au Sénat ;
Les bruits du Polygone y jetant leur vacarme,
Aux séances peut-être apporteraient du charme ;
Le sang, des vieux galons, reteindrait l'incarnat.

Mais nous gueux, nous lettrés, nous gens de l'écritoire,
Trouvons que l'espingole a des arguments lourds,
Et qu'à trop bon marché c'est tenter la victoire.

Raisonnons, s'il vous plaît. La poudre est un discours,
Qui fraie au plomb brutal aisément le passage,
Et peut des mains d'un sot meurtrir le front d'un sage.

L'AUTOMNE

J'aime le ciel, la pluie et les vents de septembre.
C'est le rire d'automne et les larmes... Dans l'air,
C'est la bise aux bruits sourds ; c'est l'orgue au timbre clair,
Dont l'hymne triste et doux ronfle autour de la chambre.

Adieu les soirs d'été qui vont parfumés d'ambre !
Adieu la paquerette éclose au chemin vert !
Les arbres ont perdu feuilles et fruits. L'hiver,
Comme un boulet meurtrit, fauche tout et démembre.

Le bois, le champ, l'herbage ont de molles pâleurs ;
Comme une veuve encor belle à travers ses pleurs,
Le soleil dans la nue entr'ouvre un œil bleudtre.

Brume en flaques de neige inonde l'horizon.
Poète ou penseur rentre au gîte ; et, devant l'âtre,
Évoque, au coin du feu, le songe... ou la raison. —

LE SONNET DU BONHEUR

Ce qui fait le bonheur est un milieu tranquille;
    Le repos, non le luxe et le bruyant plaisir.
Chacun le porte en soi; mais qui veut le saisir
Doit être modéré, sage et d'humeur facile.

Cet oiseau rare, aux champs naît plutôt qu'à la ville.
Il aime un toit modeste, où l'homme de loisir
Dans la nature et Dieu renferme son désir,
Au-dessus des grandeurs et de leur joug servile.

Cette oasis, madame, où bien peu sont entrés,
Vous en avez cueilli les fruits doux et sacrés;
La joie autour de vous comme un arc-en-ciel brille.

Ayez donc l'amitié, l'estime; — et la famille,
Vieux temple qui s'ébranle aux maximes du jour,
Arche sainte où le cœur vit de vertu, d'amour.

PROPOS D'ENFANT

Devant l'âtre et fur fes genoux,
　　Moi, tout jeune, une voix de femme
Dont l'accent m'eft refté dans l'âme,
Me berçait d'un chant vague et doux...

Un tifon au foyer prend flamme;
Un éclair en jaillit fur nous...
« Enfant, dit-elle, dormez-vous ? »
Et je regarde... et je m'exclame :

« J'aperçois, mère ! à tes cheveux
Des fils qui font blancs; je les veux
Brûler tous à la crémaillère... — »

— « Pauvre ! dit-elle (et fur le front
J'ai fenti deux larmes), — ce font
Marguerites... de cimetière. »

LES ORIPEAUX COMPROMETTANTS

Talons pointus, houppe d'autruche,
    Triple corsage en baldaquin,
Le jarret cambré, l'œil coquin,
Une Abeille quittait sa ruche.

Son papa tenait un bouquin ;
Et tandis que son doigt l'épluche,
Près d'elle, un Hanneton se juche,
Comme aux anguilles le requin.

A la Jouvencelle il s'accroche.
Le père irrité le taloche.
— « Hé ? répliqua le galantin ;

J'ai cru voir du quartier Latin
Rôder la guêpe ; — votre Abeille,
D'air, de robe est toute pareille. »

AU DOCTEUR DE GALLEVILLE

Du Dieu, père des maladies,
 Esculape est fils naturel ;
Je suis docteur et ménestrel,
Et je rime des tragédies.

Vous, plus occupé du réel
Que d'innocentes Rapsodies,
Vous attaquez les maladies,
Vampires au souffle cruel.

L'Harmonie est dans le contraire.
Moi ! Harpe, et vous ! lancette en main,
Continuons notre chemin.

Dans la souffrance et le deuil, — Frère, —
Portez secours au genre humain ;
Moi ! j'essairai de le distraire.

LA FONTAINE SAINT-MICHEL

Digne monument de l'époque,
*   Sot mélange de marbre et d'art*
Gothique ou grec ; focle bâtard
Coiffé d'un archange équivoque.

Satan, qui décoche un pétard,
De l'œuvre et des auteurs fe moque.
Digne monument de l'époque,
Chez toi l'efprit eft en retard.

Vous qui bernez littérature,
Peinture, écriture et fculpture,
Que dites-vous de la leçon ?...

Faites du chiffre. — Chiffre, ufine,
De ce pauvre fiècle en gêfine
N'ont pu tirer même un maçon. —

SAINT-SAUVEUR

Il court mille ruisseaux par la vallée, en chœur
 Fredonnant, à pleins bords mouillant la verte coupe.
Autour d'elle un rempart de montagne ; et le groupe
Aux artères du sol fait jaillir sa liqueur. —

Les pics, noirs éléphants, tournent au val leur croupe.
Cirque immense, où la sauge, où le pin sont en fleur,
Où le ciel d'Espagne, âpre et riche de couleur, —
De son bleu cru là-haut en dôme se découpe. —

Et c'est là, sur ces monts, ces frères du Liban,
Que le rail s'en va coudre et tendre son ruban,
Là, sur ces vieux granits que la pioche vient mordre.

Vapeur !... de l'Idéal perpétuel tombeau !
Qu'es-tu, troublant ainsi du monde harmonie, ordre ?
— Le mal ? — Ou le bien ? — Non ; car le bien, c'est le beau.

EST-CE QU'ON VIT A NEW-YORK ?

Le cas eſt grave, et vaut qu'on en differte.
Vivre ?... ſuppoſe une ſtabilité.
Ces croque-morts d'éventualité,
Raidis, butés ſur le gain ou la perte,

Gredins hier ; — riches ce ſoir ; — demain
Quoi ?... ruinés ; le jeu ; — la banque ouverte,
Vains, ignorants, et ſur leur table verte,
Un tas d'écus rouillés toujours en main.

Eſt-ce là vivre ? — O New-York, l'hécatombe
Où le vieux triche, où le jeune ſe plombe,
Où les Époux ſ'engrènent... comme on peut ! —

Gorgez-vous d'or ; l'Être vit ſeul qui penſe. —
Le Newyorkois fume et garnit ſa panſe ;
L'homme en tui meurt ; oui, la mort ſur lui pleut.

27

A PROSPER BLANCHEMAIN

erci, très-cher. Votre fine plaquette
M'est parvenue à mon grenier désert.
Quelques rimeurs et vous, l'homme disert,
M'ont charmé l'œil ; la feuillure est coquette.

L'esprit, le goût, le savoir. Cela sert,
Mieux que l'argent, le vin et la goguette.
Le temps s'enfuit ; le morne hiver nous guette ;
Mais une strophe est l'éternel concert.

Mais un sonnet, une ode, une élégie,
De nos vieux ans rompent la léthargie ;
Et le saint roi David obtenait moins.

O Muse ! ô Vierge ! à notre vieille couche
Ton souffle aimé nous rajeunit la bouche,
Mieux odorant que myrthes et benjoins.

KAROLY DANS MACBETH

Vous êtes bien Macbeth, l'ambitieuse femelle,
Lady Macbeth, qui marche au meurtre sans broncher ;
Et quand son époux biaise, ayant peur d'y marcher,
Le happe aux flancs, la louve ! et contre lui grommelle.

Vous êtes bien Macbeth, qui va sur le plancher
Avec des pieds de bronze, et dont chaque mamelle,
Au lieu de lait, rend suc de vipère ; — et, comme elle
Siffle, en visant au but, dont il faut approcher.

Le remords boiteux vient pourtant ; et de sa lime
Ouvre au cœur une plaie, et par le soupirail
Commence, ver rongeur, son lent, mais sûr travail.

La somnambule alors veut laver l'eau du crime,
Le sang... — que rien ne lave ! — Apre et long cauchemar
Où tu nous fais blêmir du geste et du regard. —

LA NUBIENNE

Zaïna ! tes fourcils font bien l'arc, couleur d'encre ;
*   Ils encadrent bien l'œil biſtré, couleur de jais ;*
De ton haïck la foie eſt en plumes de geais,
Verte, bleue ; ondoyante, aux feins elle f'échancre,

Mon caïck, dans le golfe attend droit fur fon ancre ;
Fuyons ! — Le scheik hier a vu que tu l'aimais
Un peu moins que ton finge, et que tu t'endormais...
Prends garde au fac coufu plein d'aſpic et de cancre.

Nubienne au front violet, l'air brûle, il eſt midi.
Qui t'empêche de fuir ? Ton cœur f'eſt-il tièdi ?
Si tu crains le foleil, au toit du fcheik retourne.

Vieux tigre, il te pliait, — couleuvre, — comme un jonc.
Veux-tu me fuivre, moi qui t'aime ? — Parle donc ! —
M'aimes-tu ? — « Oui ! » — Rameur ! mets le cap fur Livourne.

A-T-ELLE UN CŒUR?

Yamina? de ton douar lorfque tu t'es enfuie,
 J'ai dormi fur ton fein dur, froid comme le fer.
Tes cheveux font crépus et plus noirs que l'enfer;
Mais f'appuyant fur toi, fur le marbre on f'appuie.

Que te faut-il? Veux-tu mes larmes? De ma chair
Veux-tu le fang? Je faigne. Eh bien! à cette pluie,
Sous ta mamelle rien ne bat? — Rien! Je m'ennuie. —
Point d'âme en ce beau corps, qu'un Juif eût payé cher;

Qu'un Turc à fon divan d'or et de damas rouge
Eût, comme un mets divin, dégufté nuit et jour,
Où le mets-tu, ton cœur? Je cherche... rien ne bouge.

Ta lèvre eft de colombe, et ton cœur! de vautour...
Dieu cache fon chef-d'œuvre au corfet qui te flanque;
Mais va-t-en, Yamina; quelque chofe te manque.

VENUS-ISIS

Cléopâtre ! veux-tu, difait un pauvre Efclave,
  Veux-tu me vendre une heure, un jour de volupté ?
J'offre en retour ma vie et mon éternité...
Je meurs ! Rien que la mort ne répare et ne lave.

Je t'aime ! S'il exifte un enfer, je le brave ! —
Je ne fuis qu'un ruiffeau, mais de foudre agité.
Plonge à ce bain d'amour, ô Reine ! ta beauté ;
Je ne fuis qu'un chétif torrent, mais plein de lave.

Une nuit !... me rouler dans le manteau des rois,
Ouïr au fein nu ton cœur battre, mordre ta plèvre ;
Puis, me tuer !... J'en fais ferment, et tu me crois ?...

Je meurs ! Mais dans tes bras, comme au pampre une chèvre,
Mon cou fur ton épaule, et ma lèvre à ta lèvre,
Et tes cheveux tordus crépitant fous mes doigts !...

RAJEUNISSONS L'AUTOMNE

Venez à nous, fronts courbés, têtes mûres ! —
Jeunes de cœur : — le cœur ne vieillit pas ! —
Des premiers ans contez-nous vos ébats ;
Le geai, le merle en caquette aux ramures.

Racontez-nous soupirs, joie et murmures ;
'Blancs chevaliers, dites-nous vos combats.
Le blond Éros vous menait sur ses pas,
Et de son arc blasonnait vos armures.

Contez-nous-les ces primeurs du bon temps.
Vous êtes vieux ? Non, vous avez vingt ans.
L'amour, du cœur éternise la sève.

Le pampre mûr donne le meilleur vin.
Anacréon ne l'a point dit en vain :
Rajeunissons l'automne ; et qu'il se lève !

KAROLY DANS POLYEUCTE

Oui, vous êtes Pauline; oui, de cette merveille,
   Vos nerfs modulent bien triſteſſe et profondeur.
Vous ſeule, de nos jours, avez cette grandeur
Qui va juſqu'au tragique et qui nous rend Corneille.

L'Époque eſt lourde; il faut allégir ſa lourdeur.
L'Eſprit tombe et ſ'endort. Fuites qu'il ſe réveille;
Courage! Allez, luttez : à contre vent, l'Abeille,
Lorſqu'elle marche au but, n'y met que plus d'ardeur.

Vous! quel que ſoit un ſiècle encroûté dans le chiffre,
Où d'Offenbach les ſots vont adorer le fifre,
A l'horizon plus clair, remontez l'arc-en-ciel.

Fécondez-nous! Aux fleurs du Beau, de tige en tige,
Soyez le noble Inſecte à l'œil d'or, qui voltige;
Et pour des temps meilleurs ramaſſez-nous du miel.

L'AMOUR ET L'OCÉAN

i j'étais sylphe ou Démon; — nécromant
Ou magicien; — j'aurais pour amante Une
Dont le bandeau flotte à la tempe brune
Tel qu'un fil d'ombre au bord du firmament.

La nuit venue, Elle à son lit dormant,
J'eusse emporté son âme au clair de lune;
Mon Elfe au bois, aux prés, ou sur la dune,
M'eût sautelé sa ronde au vol charmant.

Le Pré nous eût donné des fleurs pour elle;
Les Bois un nid de blonde tourterelle;
La Dune un chant d'amour et de beauté;

Car l'Océan est beau comme la femme;
Son sein nous berce; et qu'il dorme ou s'enflamme,
Il est douleur, tempête ou volupté. —

28

L'AMAZONE ET LE PALADIN

France ! en ton nom, un chevalier adreſſe
   A qui de droit pour ta cauſe un cartel.
Ce n'eſt Clovis, Charlemagne ou Martel ;
Mais pour ta gloire il lutte et ſ'intéreſſe.

Pucelle ou Page, un ſecond fend la preſſe ;
De ſa bannière, il heurte à ton caſtel ;
Ce n'eſt Roland, Jeanne d'Arc ou Blondel ;
Mais ſon cheval ſur deux ailes ſe dreſſe.

Les deux champions, qui tiennent ce tournoi,
Veulent combattre et pourtant n'ont point d'armes ;
Mais l'Une, vierge, a pour lutter ſes charmes ;

Mais l'Autre, fier et beau, ſe donne à toi.
Devant le couple, on clame, on ſ'extaſie ;
L'un ſe nomme : Art ; et l'autre : Poéſie.

LES FORÇATS DU TSAR

Au mont Oural, ils vont, jeunes et vieux, martyrs ;
Femme, Enfant ont au corps la casaque du bagne.
Eux, qui contre le Tsar ont ouvert la campagne,
Ils vont, la chaîne aux pieds, sans plaintes ni soupirs.

On les knoute, on les pend. A l'horrible besogne,
L'œil rouge, et le cœur ivre, un monstre, sans vergogne
Pille, fouette, étrangle et viole la Pologne.
Duc ou serf, noble ou rustre, il met sur tous la main.

Qu'ont-ils fait ? — Étanché le sang, la soif, la faim ;
Aux leurs, fils, père ou frère, ils ont donné du pain ;
A qui pour eux se bat, ils ont ouvert la porte.

Au mont Oural, voilà quels forçats on déporte.
— Plus d'un fut sur la roue, ô Mourawieff ! tordu,
Qui moins que toi, Brigand ! valait d'être pendu.

A FERDINAND DE LESSEPS

'Égypte, antique nourricière
 De l'homme, et son premier fanal,
A l'Isthme, cherchait son canal,
Son fleuve encombré de poussière.

De l'Inde, où l'Anglais, le chacal
Aux jongles creusent leur tanière ; —
Il fallait déblayer l'ornière ;
Et comme au temps patriarcal,

Il fallait, d'un coup de baguette, .
Qu'un Moïse, un nouveau Prophète
Fit rejaillir l'eau du rocher.

Le flot coule... — Et l'Europe et l'Inde
Forteresse, où Londres se blinde,
Vont se revoir, se rapprocher. —

LE LÉVIATHAN

Du Léviathan l'homme a construit les membrures ;
*   Une forêt de chêne entrait dans le poitrail ;*
Sa quille au fond des mers écorchait le corail ;
L'Océan sur l'échine en avait des marbrures ;

Mais souffle un ouragan. Le colosse en travail
Qui de sa croupe allait éployant les carrures
Perd l'équilibre, et sent craquer dans les ferrures,
Comme un jouet d'enfant, poupe, ancre et gouvernail.

En travers l'onde court, recule et recommence.
Et l'on a vu du gouffre un bras sortir immense,
Étreindre le géant, puis le rompre au milieu.

La montagne, avec ceux qui l'habitaient, s'effondre.
Sur ton œuvre, ô Babel ! un aigle est venu fondre ;
Quel vautour ? l'Infini ; quel bras ? la main de Dieu.

PYGMALION

Je voudrais, comme à lui, ma statue aux yeux d'Ange,
Marbre, où le beau rayonne, où l'œil est éclairci ;
Où l'on s'attache en frère, en amoureux aussi ;
Double accord, où l'extase au réel se mélange.

Grâce, esprit, beauté, forme, ô charme, ô prisme étrange,
Qui nous meut âme et cœur ; où le Barde ébloui
Fait résonner sa corde ; — et jeune, épanoui,
Boit la coupe de miel qu'on lui verse en échange.

L'amitié sœur d'amour n'est point la fleur d'Avril
Que jalousie, insecte à la dent jaune, entame.
Son myrte est un Hysope aux odeurs de dictame.

Plus de caprice en l'air, d'engoûment puéril.
L'amitié, sœur d'amour, qui joint l'homme à la femme,
Du plus frêle des nœuds fait un Hymen viril. —

LONDRES

Londre, on voit battre les rats, les coqs ;
Les matelots se gourmer ; Juifs se tondre ;
Dans la cité, les Industriels pondre ;
Et de coton, houille, huile emplir les Docks ;

— Mais un Byron de l'âme y peint les chocs ;
-- Mais un Shakspeare, esprit vaste où Dieu veille,
Y joint Molière avec Gœthe et Corneille :
Théâtre immense érigé sur trois blocs ;

— Mais cette race a fondé l'Amérique ;
— Mais tout grand homme, hôte de Westminster,
Là, fait honneur à l'Olympe homérique ; ·

— Mais la Tamise, aux entreponts de fer,
Belle et riant du poids qui la surcharge,
A l'Univers y tend sa coupe large.

CERCLE OF LONDON

Et cette tour de Londres, ces chevaux
    Où font des Rois grandis par leurs faits d'armes ;
— Et le billot, pauvre Reine, où tes charmes
L'ont payé cher, d'une Autre étant rivaux ;

— Et de Windfor tourelles et créneaux,
Où l'herbe, aux bois de hêtres et de charmes,
De l'Elfe encor femble boire les larmes,
Quand de fa ronde elle ourdit les anneaux ;

— Et Trafalgar tout planté de ftatues,
Où Wellington, pointé comme un canon,
Montre du doigt nos grandeurs abattues ;

— Le Muféum, qui tient du Parthénon
Ses bas-reliefs ; de Phidias, ton chef-d'œuvre,
Ployant aux murs leur fublime couleuvre.

EUPHORBE ET VERVEINE

Euphorbes, noirs poisons ; verveines, sacrés baumes ;
Dualité fatale, où le monde enfermé
Sort vainqueur de la lutte ou tombe désarmé ;
D'où pointe heur et malheur des palais et des chaumes.

Verveine, dont le miel enivre l'homme aimé ;
Euphorbe, dont les sucs emplissent de fantômes
Le crâne des humains ; viens-tu de tes arômes
Éteindre au cœur l'esprit qui s'était rallumé ?

La lymphe qui jaillit de ta source, ô verveine !
Me rajeunissait l'âme et m'inondait la veine
D'un flot où ruisselaient amour, gloire, plaisir.

Mais au rude combat dont j'ai parcouru l'orbe,
Que de fois, dans ma route, ô fleurs jaunes d'Euphorbe,
Vîntes-vous me navrer, vîntes-vous me transir !

29

A MONSIEUR DE GALLEVILLE

Frères par la pensée, amis par la croyance,
Aux jours infortunés de doute et de néant,
Marchons l'un près de l'autre à ce gouffre béant,
D'un pas ferme, appuyés sur notre conscience.

Regardons en pitié notre siècle géant,
Qui n'ayant plus la foi, met tout dans la science ;
La science ! ombre vide et dont l'imprévoyance
Ignore que le chiffre est sourd et mécréant.

L'instinct, c'est Dieu ! Le chiffre, invention humaine,
Sur son petit compas vaillamment se promène,
Et d'un œuf de fourmi mesure le contour...

De l'arbre défendu, mon instinct se défie.
Calculez ! je crois, j'aime ! Et ma philosophie
Est ta chanson, ô Muse ; ô femme ! est ton amour.

NOSTRADAMUS

LE PARADOXE

Nostradamus — puisse-t-il vous distraire ! —
Est un rêveur du vieil âge entiché ;
Par cet excès il peut avoir péché,
Mais nous péchons, nous, par l'excès contraire.

D'aucunes fois s'il fonce à l'arbitraire,
De ce bidet, qui le tient enfourché,
Quand par hasard juste il aura touché,
Sachons y mordre, et la moelle en extraire.

Vogue ou routine ont un pli qui déçoit.
Et pour que l'une avec l'autre s'accorde,
Par le milieu, Peuples ! coupons la corde.

Dans nos travers, s'il nous marque du doigt,
Ne faisons point de bon sens paradoxe ;
Rions d'un monde où l'on boit, fume et boxe.

NOSTRADAMUS DANS L'APOCALYPSE

Le Dragon noir me porte et prend son vol ;
   Et dans le ciel au loin traînant sa queue,
Vient de franchir Paris et la banlieue.
Sur lui je cours, me tenant à son col.

Paris semblait, du haut des airs, un bol
Où le punch brûle ; une mer rouge et bleue.
Le fleuve aussi huit ou dix fois par lieue
Tordait son fil de nacre sur le sol.

— O Meudon, val, coteau !... pour le génie
Cercle marqué, lieu saint, terre bénie !
Dieu reste en toi, si l'homme te renie.

Reine du monde ! es-tu dans le caveau ?
La France alors mourante, à l'agonie,
Eût tout perdu, son cœur et son cerveau.

LE PHYSIQUE DU MOMENT

Paris ! orgueil, honneur de France, et gloire ;
   Ils l'ont masqué, — démoli, — replâtré ; —
Et sur les plans de New-York restauré,
Ils en font club, chambre à dormir, à boire.

Hôtel garni du monde ambulatoire,
Je ne sais quoi de banal... un carré
Planté de becs de gaz... bien écuré ;
Mais une auberge, un dock, un champ de foire ;

Où le plus fier est qui ?... Le plus gredin ;
Où le plus sot fait le plus de tapage ;
Où la plus cat... le mieux roule équipage ;

Où le théâtre est du Robert Houdin ;
Le cercle ? un bouge hébergeant quoi ? Des titres ;
La rue ?... égout ; le salon ?... parc aux huîtres.

LE PROUDHONISME

ous le portons ce mal, dans nos vertèbres ;
    Entre nos doigts pullule l'acarus.
Et tout un Peuple atteint de ce virus
Le fent venir, croître dans les ténèbres.

L'âne fe dit : Je monte au rang des zèbres ;
Les fiers chevaux iront moudre à Picpus ;
Le foleil, l'or, l'argent brille !... Omnibus.
Proudhon l'affirme en quatre mots célèbres :

« Propriété ? c'eft le vol. » — Au fignal,
Toi qui chômais, happe maifon, famille,
Va ; tu le peux. Sois brigand ; tue et pille ;

Tonds les Agneaux ; repais-toi, loup, chacal.
Dieu t'a fait pauvre ? aux enrichis va mordre ;
Partager ? — Non. — Prends tout ; c'eft le mot d'ordre.

L'URBANITÉ AMÉRICAINE

Peuple élégant, où le bon goût s'étrique;
　Que l'on prônait gai, poli, bien vêtu;
Dont on vantait l'air, l'esprit… où vas-tu ?
Tes vêtements ont changé de fabrique.

Tu prends les mœurs, les façons d'Amérique.
Quitte un trottoir aujourd'hui rebattu;
Grossièreté ne fut jamais vertu. —
Des Yankees, ô culte idolâtrique !…

Chez eux, on a supprimé le salut ;
C'est que leur temps les hâte à la besogne. —
Mais vous, oisifs, qui, d'un œil de cigogne,

Toisez les gens ?… Si ce ton prévalut,
J'en fais la cause : — impertinents pour l'être,
Sottise et morgue ont là trouvé leur maître.

30

AMRSTRONG

ens de Paris! vous prenez d'Amérique
  Beaucoup le vice, et fort peu la vertu;
Car elle en a; — mais sur le fil tendu
Où vous grimpez, tout devient électrique.

Progrès boiteux où le chef de fabrique
Au cœur de buffle, intempérant, têtu,
Nous crée et forge un vieux monde impromptu,
Où le sang fige, où le cerveau s'étrique.

Nostradamus! passe-moi ton lorgnon,
Que j'examine un peu ce bec mignon.
Il fume; il boit. — Jeunesse décrépite!...

Allez, petits! et montez en ballons;
Rail, pyroscaphe, et télégraphe. Allons,
Fouette, Satan! Hop! hop! Les morts vont vite.

PROMISCUITÉ UNIVERSELLE

Aiguille, rail, viaduc, télégramme;
Au genre humain ont ouvert le banquet.
Chacun chez soi, Dieu jadis nous parquait.
Mélangez-vous, Peuples ! c'est le programme.

De ce Pouding renforcez l'amalgame ;
Au même tronc, Dieu, qui ne nous greffait,
Croyait bien faire, et fait bien ce qu'il fait.
On avait tous, chacun son jeu, sa gamme.

Fleuves et monts nous formaient un casier.
On avait tous, son titre et son clavier.
Tout est rompu ; le vent brouille les touches ;

Tout est faussé ; dans les cœurs, sur les bouches,
Tout est discord. Les Peuples sont des mouches,
En faux-bourdon, roulant sur un évier.

OU NOSTRADAMUS SE DÉSOPILE

Lévrier, Barbe, on timbre à la régie
Les étalons père et mère. On eſt ſûr
Qu'ils ſont bien nés : pure race et ſang pur ;
Point de macule en généalogie... —

Pour l'eſpèce homme on abaiſſe le mur ;
Et la frontière eſt ſi bien élargie,
Qu'on voit coupler, dans la moderne orgie,
Sternum de blanche et de nègre fémur.

Un mari Dogue épouſe une King-Charles.
Le Kalmouk joint ſon muſle au profil d'Arles,
Les Hottentots nous grefferont leur nez ;

Au jugement, l'Ange qui tient la trompe
Ne verra plus, dans cette vague eſtompe,
Que mulets, bœufs et chevaux mâtinés.

PHÉNOMÈNES DU CROISEMENT

Qu'un Hottentot dans notre nez se pose,
Qu'il y fleurisse, épanoui, camard ;
C'est déjà grave. — Et la question d'art ?... —
Mais pour l'instant je discute autre chose.

Le nez d'un Cafre, — et l'âme ! — je propose
Qu'un spécimen en soit mis quelque part ;
L'âme d'un Cafre !... O Dieu ! par quel rempart
Nous garantir de la métempsycose ?

Le nez et l'âme ont un rapport étroit.
L'esprit, le nez se suivent... c'est leur droit.
— Des moribonds, Bossuet, peins-nous les affres !...

La peur me gagne. — Admirez le Progrès ! —
Le Hottentot se décalque à nos traits ;
Sur nous se greffe âme, cœur, nez de Cafres.

MA GRAND'MÈRE L'EUROPE

Europe, à quoi te trouvai-je occupée ?
Nous revions-tu, vieil empire romain ?
Tes Rois, tes Ducs, voleurs de grand chemin,
Font au terroir bonne et franche lippée.

Battez-vous donc ! C'est le fusil en main
Que l'espèce homme en masse est retrempée.
Non ; Chassepot vient d'avachir l'épée ;
Plus de duel au polygone humain.

La Hyène au Bouc ira berner le mufle ;
Écornifler le Jaguar, l'œil au Buffle ;
Mais plus d'épée, et d'arme, et de clairons.

J'ai peur qu'un jour, moins forts et plus bravaches,
Nous n'exercions aux choux-fleurs nos rondaches,
Et la mitraille à des vols de Hérons. —

CASUS BELLI

Veux-tu la guerre ? Au premier coup de fifre,
   Le trois pour cent viendrait deux et demi ;
Il geint le chiffre, il passe à l'Ennemi.
Un Waterloo ferait pâmer le chiffre.

Ce gros plein d'or, qui boit, fume et s'empiffre,
Oyant la bombe, en aurait mal dormi ;
Bankoff, qui fume avec Tine ou Mimi,
Est pris de traque, au premier coup de fifre.

Purgez-vous donc ! la poudre est du séné.
Le Boursicot, dont le ventre fait l'outre,
Gros de pitance, a trop bu, trop dîné.

En avant ; — l'Ours, niché près de sa Loutre,
Beugle : « Salvum fac aurum Domine ! »
— Soldats du Rhin, en avant !... passez outre. —

LE DÉSARMEMENT

Non ; ils sont morts les jours de l'oriflamme !
— Réformez tout, voltigeurs et turcos ;
Que peuvent-ils, même sous des blockhaus ?
La mitrailleuse y vomit trop de flamme.

Guerre et bataille, aujourd'hui ? — Meurtre infâme !... —
Ce sont martyrs qu'on immole ; et bourreaux,
Dont le plomb lâche au cœur happe un héros ;
Du mécanisme enfin broyant une âme.

La guerre est morte ; ainsi n'en parlons plus.
Du même coup sont morts cœurs résolus ;
Morts avec eux gloire, honneur, sacrifice.

Je veux la paix ; je l'aime, mais l'œil haut ;
Mais de bravoure appréciant l'office ;
Prête à combattre, à mourir s'il le faut. —

LE BŒUF APIS

Dans tes murs, France! exiſte un Minotaure,
Buffle cornu qui ronge tes enfants.
Le monſtre informe a des pieds d'Éléphants,
Des yeux de Lynx et des bras de Centaure.

Tes filles ſont ce qu'il happe et dévore;
Et par milliers, on le voit dans ſes flancs,
Moudre, ſouiller leur joue et leurs pieds blancs;
Les déchirer, ſouiller et moudre encore.

Il nous dépeuple; et par lui nous mourrons.
Il met ruine et deuil dans nos familles;
Là, plus d'hymens, de maris pour nos filles.

Il a tué Rome ſous les Nérons... —
Ce Bœuf Apis, ſur qui la mort chevauche,
Il a nom : Luxe ; et miniſtre : Débauche.

MANÉ, THEKEL, PHARÈS

Festin, orgie à Ninive. — Le Roi
     Donne grand'fête ; et les coupes circulent.
Au clair de lampe, on voit des yeux qui brûlent.
Le coq chantait ; les chiens hurlaient d'effroi.

Femme ambre et or, aux seins nus, lève-toi.
Viens, longue Almée ! Où les amours pullulent
Entre ! — A te voir, les Pontifes reculent ;
Ils ont eu peur... Dieu nous dirait pourquoi.

Aux gens de cour, la crypte ouvre son porche.
« Sus ! » dit le Roi. — L'Eunuque éteint sa torche.
Chèvres aux boucs clamaient : « Adorez-moi ! »

Mais quel bruit sourd vient rompre cet émoi ?...
« Dieu ! » dit le Prince. — Oui ! Dieu, qui passant outre,
Du bout de l'ongle écrivait sur la poutre. —

LES RAILWAYS SE MULTIPLIANT

De prés, de champs, de bois, le monde est veuf ;
Le monde est chauve, on l'écorche, on le fouille.
Satan, le Diable, un jour se fit grenouille !
Le Remorqueur est éclos de son œuf.

L'Hippopotame aux pieds de bronze, — Bœuf
Qui va broutant et ruminant la houille ;
Crapaud difforme, et dont la bave souille
Le grand'ciel bleu qu'il faut repeindre à neuf ; —

Rompt toute chose, en pervertit le centre.
L'Herbe rôtit ; la montagne s'éventre ;
Le charbon fume ; et ce pauvre Univers

Brûlé, pelé, jauni comme une éponge,
Le monde, en proie au volcan qui le ronge,
Sur son pivot hoche et tourne à l'envers. —

PAUVRE MONDE, HÉLAS !

Crains l'avenir, pauvre monde, où le ciel,
Vieux baldaquin, se découd, tombe en loque.
Dans l'Inde on râle ; en Chine on se disloque ;
En Angleterre, on recuit bill et fiel. —

En Allemagne, ils battent la breloque ;
De sucre, on fait en Amérique miel,
Foin de coton ; — un vent pestilentiel
Du sud au nord nous fusille et nous bloque.

Mais que sert dire et crier : Casse-cou !
L'Europe voit l'ours blanc qui de Moscou
S'en vient meurtrir, égorger la Pologne...

Vienne et Berlin aident à la besogne !... —
— Sobieski, voyant les Turcs venir,
D'un coup de botte a su, lui ! les bannir.

L'HOMME SE DÉCOMPOSE

C'eſt le chaos. Tout ſ'eſt rompu. La Terre
Gît hors d'aplomb. Le grand piége tendu
C'eſt l'intérêt, le moi, l'individu.
Tout ſe confond et reſte confondu.

De gloire, honneur le nerf ſ'eſt détendu.
L'eſprit, le chiffre, — union adultère, —
Vont côte à côte. Un miaſme délétère
Du front de l'homme au cœur eſt deſcendu.

Le ſol fertile aux vents du hâle gerce;
Au ſillon brut, jeune ou vieux, chacun verſe;
Et qu'y voit-il? Des ronces, des ajoncs.

Le fruit, d'où ſort le bon ſuc, meurt ſur l'arbre;
Et qu'au théâtre, on taille du grand marbre,
On bâille, on rit comme à de vieux donjons.

POSITIVISME

hiffre et matière! — Enclumes et marteaux!
   La Pyramide est construite de fange.
Là, l'esprit stagne; et l'on offre en échange
Babel!... — néant, matière; instincts brutaux.

Babel! bloc brut; là le juif boit et mange;
Le loup s'accouple; il naît des louveteaux.
Les chiens savants y montent leurs tréteaux.
Oui, mais l'esprit s'insurge, et Dieu se venge.

Spéculateurs! vous les Rois d'aujourd'hui,
Ayez des grooms, des lits d'or et d'hermine.
Vous n'aimez rien, et vous crevez d'ennui.

Quand auprès d'eux je passe et j'examine,
Je dis, moi pauvre : Où va cette vermine ?
J'entends Dieu rire, et je remonte à lui. —

L'ŒUF QUI CRÈVE

En l'an deux mille, auront moult défarroi
Peuples d'Europe, et d'Afie et d'Afrique.
Le tour viendra de la vierge Amérique;
Mais Préfident aura lors nom de Roi.

— Européens fonneront le breffroi… —
New-York peut-être, où tant d'or fe fabrique,
Comptera moins fur fon poids numérique,
Et fes banquiers en pâliront d'effroi.

— Le Mofcovite aura Conftantinople;
Le tzar aux Turcs, de leur turban finople
Coupe une écharpe aux fils de la Néwa.

— Berlin, Paris, Vienne, Stockholm et Londre,
Aigles féconds, mais fatigués de pondre,
Auront du bec tant fait que l'œuf creva.

LE CYCLE ÉTERNEL

Eternel cycle où se meut la grande arche,
L'Esprit d'en haut autour du monde marche,
Dieu, le vrai Dieu va, comme un Patriarche,
Du Nil au Tibre, et des Grecs aux Latins.

Puis, quand la louve eut ses mamelles vuides,
L'astre vivant porte ailleurs ses fluides ;
Dieu mit sa flamme au foyer des Druides ;
Pays Gaulois ! ton astre eut ses destins.

Puis ont régné les peuples Africains.
Bagdad ! Bagdad ! c'est aux Américains
D'être à leur tour hantés du Roi du monde.

L'esprit chez nous... meurt ! — L'Europe inféconde,
Le dos arqué, les pieds sur ses patins,
Aura le sort des Grecs, des Byzantins.

L'ORDRE, QU'EST-IL ?

Roi de New-York, fais-nous l'ordre. — La guerre
D'Orléans-Neuve à New-York, à Boston,
De l'univers n'ôtera plus coton
Ni sucre. — En paix chacun vivra sur terre.

Roi ! ton génie au-dessus du vulgaire
Règne avec lustre où régnait Washington ;
Mais ceci fait, il faut changer de ton ;
L'ordre autrement à New-York n'ira guère.

L'ordre, qu'est-il ? L'art, l'esprit ; — en relief
Tout ce qui met le nerf, l'esprit de l'homme.
On ne vit point que par le ventre, en somme :

L'ordre, qu'est-il ? — nul, ô Roi, si ton fief
Ne guinde un homme un peu plus haut qu'un âne.
Ventre élargi n'élargit point le crâne.

32

L'ART? QUI LE FÉCONDE?

Le coffre plein n'emplit pas la cervelle,
    Et fans cerveau, tout peuple eſt quoi? Néant!
Son étendue en peut faire un géant;
Son étroiteſſe en étrécit la moelle.

Quiconque règne, au penſeur mécréant,
S'éteint lui-même, éteignant la chandelle.
Roi de New-York, du penſeur ouvre l'aile;
Hors du penſeur tout eſt creux et béant.

L'art vient d'en haut; ſi le haut le dédaigne,
Les ſouliers d'or failliront par l'empeigne,
Le ſceptre auſſi par le haut du fleuron.

Vois Léon dix, Louis quatorze, Octave.
Du beau clavier ils ont monté l'octave;
Les temps pour eux ont monté leur clairon.

L'ECORCE N'EST RIEN SANS LA MOELLE

Roi de New-York, du sud au nord, pactise;
La paix, le calme aux arts prête l'effor.
Riche et puiffant, dépenfe bien ton or;
L'or mal femé pouffe en lèpre et fottife.

Crains le moellon, inerte et fot décor;
Ce n'eft pas lui qui nous immortalife;
Tout n'eft de faire un théâtre, une églife;
Non; j'y veux plus : Prêtre, — et Poète encor ! —

Les Éléphants gouverneraient les hommes
S'il fuffifait d'être ce que nous fommes.
J'ai peur d'un fiècle où le moellon fleurit.

Un Peuple, Roi ! ne vaut que par l'efprit.
Dans la matière un Peuple circonfcrit
Devient ivrogne, imbécile; — et périt. —

HIC OPUS, HIC TREMOR

Pour que ton Peuple aux lois mal affoupli,
 Roi de New-York, d'obéir ait coutume,
Combien d'abord de lutte, d'amertume !
L'œuvre en un jour ne peut être accompli.

Longtemps les mœurs gardent le mauvais pli ;
La pente au lucre eft un vieil apoftume,
Qui jette, non du fang, mais du bitume ;
Qui perce tard et bientôt fe remplit.

Laiffons marcher le drame : au cinquième acte,
Roi, peuple en chœur iront figner le pacte ;
Mais bien des heurts, avant, bien des cahots.

Le fiat lux du premier coup n'éveille,
Prince permets qu'un ami te confeille,
Et hors l'efprit tout n'eft qu'ombre et chaos.

QUID TU VIDES, JEREMIA?

Roi de New-York, sois sobre de machine.
Depuis qu'on vogue à la vapeur en mer,
Au matelot son navire est moins cher.
Il se sent neutre; un piston le domine.

Le laboureur voit la jument de fer
Bêcher, semer le coteau, la ravine,
Faucher son orge; et triste il l'examine;
Son champ n'est plus sa sueur et sa chair.

Herse et charrue au hangar se retire;
Mousse et marin déserte son navire;
Frères! le monde à gauche prend son vol.

L'esprit s'en va. — Jeune homme ou jeune fille,
L'esprit où gît fortune, amour, famille; —
Vous tuerez tout : cœur, famille, onde et sol.

L'ARBRE DE SCIENCE

Aux merveilles de houille et de chiffre, on se pâme !
Mais onc ils n'ont créé l'ombre d'un sentiment.
Le levier d'Archimède est un piètre instrument,
Qui remuerait le monde, et rien du cœur, de l'âme.

Dieu disparaît au chiffre, aux forges meurt la flamme.
Les biens matériels sont quoi ?... le dénûment.
Les grands Peuples, au monde, ont vécu pauvrement ;
Les biens vrais sont du cœur, les hauts trésors... de l'âme.

Dans notre abaissement le chiffre est de moitié ;
J'ai peur des forgerons, des inventeurs, pitié.
Sculptez leur buste en or ! le néant est au socle.

Moi, mes Dieux sont Homère, et Platon, et Sophocle.
Le chiffre mène au doute, et Fulton et Calvin,
Dieu les épargne, en l'homme ont tué le Divin ! —

CONCLUSION

L'inſtinél du beau tout ſeul ne ſe fait pas,
Roi de New-York. — Toutes les multitudes
N'ont que l'inſtinél inné des platitudes.
Aucun des tiens n'ira ſi tu n'y vas.

Le Peuple, — où l'art néglige ſes études ; —
L'univerſel qu'il ſoit des potentats,
En fait d'eſprit fait de piètres États.
L'ancien New-York y manquait d'aptitudes.

L'ancien New-York, — on en a ſouvenir, —
Allait, autour d'un Bock, piaffer, hennir ;
Mais New-York neuf du grand art eſt le temple.

Sur ſes hauteurs ſi tu veux le tenir,
Sur ſes hauteurs c'eſt à toi de venir ;
Parle à ton peuple et prêche-le d'exemple.

I

u long d'un fleuve (1) où le terrain eſt nu,
Rilf, je voyage. — A New-York fois tranquille.
Ce coin déſert, qui ſemble une preſqu'île,
N'a plus de nom, et n'eſt pas bien connu.

Mais que fait-on à New-York la grand' ville?
Juſqu'où New-York eſt monté, parvenu?
Siècle plus haut onc ne ſ'eſt maintenu;
Siècle onc ne fut plus grand que l'an trois mille.

Le diamant, rendu ſouple et textile,
Fait aujourd'hui robe où l'on eſt vêtu
Sans l'être, et ſans choquer mœurs ni vertu.

Les mifs, au bal en ſont plus diaphanes,
Et leur beauté, contre l'œil des profanes,
A ſon rempart, ſon mur diamanté (2).

(1) La Seine.
(2) L'auteur, comme on l'a vu, comme on le verra encore, varie à l'infini
la forme du ſonnet. C'eſt par un caprice poétique que ce vers rime avec l'hé-
miſtiche du vers précédent.

33

II

New-York, où sont tes fleuves, tes lagunes ?
  Le Progrès onc n'eut des effets pareils ;
A l'horizon, le jour quatre soleils ;
Au firmament, la nuit, quatorze lunes.

L'Industrie a centuplé nos fortunes.
En souliers d'or nous logeons nos orteils ;
Et nos Fultons nous créent des appareils
Que n'ont eu race et nations aucunes.

Pour voyager, nos rails sont des tuyaux
D'où le salpêtre expulse des noyaux
Pleins de paquets, chiens, hommes et femelles ;

Plus de wagons, rails, juments, ni chamelles.
Au sud, au nord, deux royautés jumelles,
N'ont que plaisirs, luxe, arts, hôtels royaux.

III

Nos rails-tunnels ont voluptés sans nombre.
   Quelque temps fasse, on s'y promène à l'ombre ;
C'est élastique, électrique, et pas sombre.
Comme en plein jour, becs de gaz y font clair.

Becs de gaz ? Non ; la voltaïque pile,
Prodige astral, soleil de l'an trois mille,
Lampe tonnerre, et qui brûle sans huile,
Vous pique l'œil comme un dard, un éclair.

D'un monde à l'autre, élément galvanique,
Notre tuyau sous-marin communique.
Et si le spleen vous gagne, on peut fumer,

Boire, ou... je mets la chose au pire, aimer ;
Cueillir, au vol, le fin rameau de myrte.
— Du myrthe en or... Prenez, mifs, que l'on flirte.

I V

L'Hudſon ouvre ſa baie; et le flux briſe au ſyrte.
L'air eſt tiède; on eſt deux; on entend ſous un myrthe
Les Pigeons roucouler !... On fait comme eux, on flirte.
Flirtage !... C'eſt l'amour par imitation... —

On flirte !... pour flirter... On a l'intention
D'aimer ! On ne peut pas; on flirte. Au thermomètre
Le point fixe, — juſqu'où miſs doit rendre et permettre :
Zéro.! — le degré juſte à ne rien compromettre.

Que ne fut Héloïſe à New-York, Abailard ?...
Cet amour de coq-neutre où rien ne chante et ponde
Ne l'aurait induit mal ni retranché du monde.

La miſs au bal ſ'en va minaudant, roſe et blonde;
Au bal ! rire, danſer ? Non, quérir... le Dollar.
'Bref, aimer ! c'eſt du cœur ; mais flirter ! c'eſt de l'art.

V

Tout cœur de miss est tendre au myrte d'or.
S'il est de poids, les choses vont la poudre.
Combien j'ai vu cerf et biche en découdre.
Quand on a spleen, l'amour il fait bon moudre.

Le rail-tunnel n'est point encor la foudre,
Au flirtement l'homme doit s'y résoudre.
L'ancien amour de fadeurs se saupoudre ;
Mais le nôtre est l'Éros de Belphégor.

En l'an trois mille, on hait la disparate,
Et l'Hymen va comme à Thèbe, à Surate,
· Où la Perruche abhorre le Héron.

Quant aux messieurs ?... Hé ! hé ! changeons de note.
Je ne veux pas que sur nous on ergote ;
J'en jure Auguste, Asdrubal et Néron.

VI

L'an trois mille, hein ! Le grand siècle ! On ne fait
   Rien comme avant. Qui de nous pourrait lire,
Extraire aux vieux bouquins, et ne point rire,
Ce qu'en merveille ils ont osé décrire ?

Pour moi, je pâme ! et j'en suis stupéfait.
Dire qu'alors d'Europe en Amérique,
C'était huit jours ! — le pas d'une bourrique. —
Ça dure une heure au tunnel électrique.

Dire qu'alors on roulait sur wagons,
Comme une porte en fonte sur ses gonds,
Et qu'il fallait houille ! grille ! chaudière !

Le ballon jà nous sortait de l'ornière.
Mais de ce char, véhicule sans freins,
On chutait trop, ce qui rompait les reins.

VII

Vice plus grave, et qui, chez nos Aïeux,
Fit le ballon rater dès l'origine ;
Quelque puiſſance en l'air qu'eût la machine,
D'une bourraſque on dévoyait en Chine.

Quand on pointait ſur Pékin... rien de mieux.
Mais ſi, voguant ſur Lima, Saint-Francifque,
Trombe ou tonnerre, et, non ſans quelque riſque,
Vous tordillait le radeau comme un diſque ;

On culbutait de New-York à Moſcou.
Outre, en chutant, on ſe fauſſait le cou ;
Exact ni ſûr n'était le véhicule.

Rilf ! voilà comme au monde, l'eſprit fou
Croit qu'en avant il manœuvre, — et recule.
Vive donc rail, tunnel en caoutchouc !

VIII

Que vraiment l'homme était jadis à plaindre
De n'avoir pas ce flexueux cylindre !
Comme on y peut d'un pôle à l'autre atteindre,
Et qu'il fait bon draguer dans ce fourreau !

Entrez ! — chacun jouira d'une fenêtre. —
Le canon part : « Boum ! » Le signal du maître ;
Aux Remorqueurs, sans poudre ni salpêtre,
On voyageait comme aux flancs d'un Taureau.

Mieux va la bombe, où, l'œil béant aux vitres,
Parfois on heurte à travers un banc d'huîtres,
Mais dans son tube, on ne craint pas l'écueil.

Cartouche humaine ! — on tourne, on roule, on glisse ;
Et qu'une Pieuvre allonge son hélice,
On s'ébaudit de son galant accueil.

IX

Ne rions plus; je ne suis pas un pître. —
  John Rilf, sais-tu d'où j'écris cette épître?
Des murs croulés me servent de pupitre.
Le banc que j'ai d'un pilastre est le fût.

Ces débris sont d'une ville importante.
Au bord du fleuve, où j'ai dressé ma tente,
Des monuments la poudre palpitante
Me semble dire : Un grand peuple ici fut.

Arcs de triomphe, et cirque, et cathédrale,
Cryptes, égouts; — puis l'œuvre magistrale,
Sur le rond-point, l'homme-bronze étendu.

Qu'était-ce? France, Espagne, Suisse, Autriche?
Pays désert, peuple mort, terre en friche.
Chercher le nom serait du temps perdu.

34

LA COMÈTE

LA COMÈTE

rand Aigle, dont le vol fur nous s'eft abattu,
Étoile du malheur, Comète, d'où viens-tu?

— D'où je viens?... D'une zone où les aftres s'éteignent,
Où nul bruit, où nul fouffle, où nul rayon n'atteignent...
Où Dieu même accablé du néant, froid linceul,
Au noir Défert recule et frémit d'être feul...
Ce n'eft ni le chaos, ni la mort... c'eft le vide;
Vous demandez pourquoi je viens à vous livide?
Pourquoi fur les hauteurs de vos horizons bleus
Si j'accours déployant mon difque nébuleux,
Je gonfle et je hériffe autour ma chevelure?
Ne m'interrogez pas... Sous ma longue voilure,
Le myftère qui roule à jamais dans mon fein,
D'une triple terreur porte le triple feing.
Les morts font avec moi traînant leurs épouvantes.
Ne m'interrogez pas, multitudes vivantes.

— Toi, qui connais le vide aux creux noirs et profonds,
Qu'es-tu, blanche nuée, et d'où viens-tu? — Réponds.

— *D'où je viens?... Je me tais... Par pitié je résiste...*
Et quel est, d'entre vous, l'insensé qui persiste ?
Qu'il se lève, celui dont la témérité
Des mondes inconnus tente l'obscurité...
Qu'il se lève ! et qu'il ose à la sphère où j'habite,
Tel qu'un spectre pâli rouler dans mon orbite.
Mais qu'il soit prévenu, ses membres sécheront,
Une froide sueur lui coulera du front ;
Qu'il se lève !... Aux déserts que mes ailes franchissent
Le sang durcit au cœur et les cheveux blanchissent.
Qu'il se lève et qu'il ose encor m'interroger.
Le seul mot de l'énigme est pour l'homme un danger.
Me taire est un devoir... S'il faut que j'y déroge,
Qu'il tremble d'écouter celui qui m'interroge.

— *D'où viens-tu, météore, incendie ou vapeur ?*
Réponds !... Qui que tu sois, parle ! Je n'ai point peur.

— *D'où je viens?... De la nuit et du vide sans bornes ;*
Là, meurent du chaos les steppes froids et mornes...
Là, des globes errants cesse le tourbillon,
Là, tout Astre amorti creuse un obscur sillon.
Sur l'éternel abîme, où l'ombre se balance,
Rien n'interrompt l'horreur de l'éternel silence.

Rien n'existe... sinon Dieu sur l'immensité ;
Les ténèbres sont là dans l'immobilité.
Les firmaments ont beau de leurs courbes profondes
Vanner du crible d'or la poussière des mondes,
L'infini... L'infini qui dévore ce blé
Vivant et lumineux, reste encor dépeuplé ;
Un cercle, — un autre, un autre, un autre ! — et point de terme
Jusqu'à l'horizon vague, où rien ne luit, ne germe.

Je suis l'Astre maudit, et je me serais tu ;
Mais qui donc, entre vous, me criait : D'où viens-tu ?

L'infini se prolonge en milliards de spirales.
Décuplez-vous, arceaux, piliers de cathédrales ;
Cèdres du mont Liban, croissez, multipliez !...
Et vous, dans les calculs, vous qui vous repliez,
Comme font le Poète et l'Enfant en leurs rêves,
Cherchez combien de sable épandu sur les grèves,
D'herbes dans les buissons, d'insectes dans les airs.
Combien de gouttes d'eau dans la coupe des mers ;
Des Empires détruits supputez les décombres ;
L'un sur l'autre, entassez les chiffres et les nombres ;
Vertige sur vertige, et calculs sur caculs,
Doublez et redoublez... Vos efforts seront nuls !...

L'Esprit errant, perdu sur les gouffres du vide,
A beau suivre le fil qui toujours se dévide,

La mort seule interrompt le cercle illimité
Qui des bornes du temps fuit dans l'éternité.

Tandis qu'aux régions où vos soleils reluisent,
Où les Astres l'un l'autre, en chœur se reconduisent ;
Même quand vient la nuit, de splendides réseaux
Sous les peupliers verts se mirent dans les eaux ;
L'air chante, bruissant comme un flot que déferle ;
Au front du ciel, Saturne éclate ; — blonde perle,
Vénus luit, lampe chère à vos jeunes amours ;
L'Épouse du soleil fait de vos nuits des jours ;
Il pleut de chaque étoile une tendre rosée,
Où s'abreuve la lune à la terre embrasée.
Au centre plus fécond, Dieu, plus actif qu'ailleurs,
Sur un meilleur terroir sème des fruits meilleurs.
Et moi, que vous craignez, rassurez-vous... Je souffre,
Émergeant de l'abîme où bientôt je m'engouffre.

Les imprécations me poursuivent d'en bas ;
Rassurez-vous, je souffre et je ne détruis pas.

Non, je n'ai point au monde apporté de ténèbres ;
Le monde peut avoir ses annales funèbres ;
Qu'on me haïsse encor !... — Non, des flancs du chaos
Je n'ai — mort, guerre ou peste, — exhumé les fléaux.
Je suis la voyageuse aux rives inconnues ;
Je sonde l'infini, dont j'arpente les nues ;
On m'exècre ; et jadis les générations
Faisaient de mes retours le deuil des nations !
C'est qu'à mon flanc Dieu grave un terrible symbole.
Mon orbite est connue : ellipse ou parabole,
Elle n'échappe point aux branches du compas ;
Mais l'instinct se transporte où l'esprit n'atteint pas ;
Et quand mon disque pâle effrayait son œil blême,
L'instinct avait raison : je suis le grand problème.

Je chante sur l'abîme où s'éclipsent les corps,
Je chante, et la terreur beugle dans mes accords.

Et vous, astres bénis, dont l'œil par myriades
Dénombre au firmament les blanches pléiades ;
Quand l'homme rêve, ému de vos divins concerts,
Dites-lui que les cieux ont aussi leurs déserts,
Que dans ces profondeurs l'âme roule éperdue.
Non ! l'éther n'emplit pas l'urne de l'étendue.

35

Globes de feu, soleils, débordez !... Le néant,
Le vide inextinguible est là toujours béant,
Le vide envahit tout... vague stagnante et morte
Du dernier monde, il vient creuser, miner la porte...
A tout ce qui respire implacable et haineux,
De sa destruction il étrécit les nœuds...
Tremblez, fils de la terre ! ennemi seul à craindre,
Si vous devez périr, c'est qu'il doit vous étreindre !...

Mais une heure est un siècle à l'horloge de Dieu ;
Vivez, la vie est longue ; et moi je meurs... Adieu...

Si dans mon sein, pourtant, votre soleil éclate,
Je revis, je renais ; mon disque se dilate...
Comme l'eau qui jaillit du bouillant remorqueur
En gerbe, je répands la sève de mon cœur...
Mon disque au front des nuits tend sa courbe ; — et ma robe
Eût mille fois couvert d'un seul pli votre globe...
Mais le froid me saisit d'un horrible frisson ;
Le froid me pétrifie, et, lugubre glaçon,
Ma fibre se contracte, et mon cœur se resserre.
Les Esprits de la mort me prennent dans leur serre.
Adieu ; des Peuples moi qui fus l'épouvantail,
Morte, inerte, je pars ; je clos mon éventail.

Dans le vide englouti mon difque eſt un atome,
Et lorſque l'œil de Dieu, là-bas ſuit le fantôme,

Il voit fondre, defcendre au noĉturne entonnoir
Un débris, — un noyau glacé, terne, — un point noir... —

Vous qui me maudiſſez dans ma courſe inféconde ;
Juſque dans ſes horreurs, j'ai béni votre monde...
J'ai vu les monts broyés au choc des ouragans,
Mêler leur poudre morte aux cendres des volcans ;
J'ai vu le givre auſſi durcir à leurs épaules ;
J'ai vu la mer de glace embraſſer les deux pôles ;
J'ai vu l'Océan jaune où le Palmier brunit,
Le défert, où l'Autruche à peine trouve un nid,
Sous ſon aile élargir ſa croupe défolée. —
Derrière Joſaphat, l'effrayante vallée,
J'ai vu ſoufre et bitume où Gomorrhe croula...
La confternation murmurait : — « Je ſuis là ! » —
Non ! — Et le précipice où la terreur ſéjourne,
C'eſt le vide, la mort, le néant... — J'y retourne. —

Je ſuis l'Aſtre maudit, et je me ſerais tu.
Mais lequel d'entre vous me criait : « D'où viens-tu ? »

A travers terre et ciel, je promène la crainte,

J'accours d'un lieu sinistre, et j'en porte l'empreinte.

Le temps compte mes jours, l'éternité mes nuits.

L'espace ouvre à mon vol ses plus âpres circuits.

Votre globe m'attire, et sur lui je me penche.

De vos mers jusqu'à moi le mol reflux s'épanche.

Quand de l'Algue à mon cœur les parfums répandus

Bercent dans le repos mes esprits détendus,

Que Dieu jette entre nous l'arc-en-ciel comme une arche,

Je crie : « Arrête ! arrête ! » — Il répond : « Marche ! marche ! »

Le vortex recommence, et d'angoisse, et de peur,

Je me resserre... Adieu, c'est l'ombre, la stupeur. —

La nuit froide me couvre, et je poursuis mon orbe;

Je vole où Dieu m'emporte, où le vide m'absorbe...

Et ses mêmes terreurs, dans vingt siècles d'ici,

Maudissant mon retour, je dirai : « Me voici ! »

Paris, 26 février 1857.

Cela fait onze ans, et c'est inédit.

Eug. VILLEMIN.

Neuf ans se sont écoulés depuis le décès d'Eugène Villemin. Il y a donc vingt ans que ce poème est écrit. Il l'avait totalement oublié. Ce n'est que quelque temps avant sa mort qu'il l'a retrouvé et qu'il devait le faire imprimer.

TABLE

www.ingramcontent.com/pod-product-compliance
Lightning Source LLC
Chambersburg PA
CBHW052007020726

47501CB00004B/1039